AF199028

Phantasie will frei sein
sich entfalten
wie eine Pusteblume im Wind,
um irgendwo
neu Gestalt anzunehmen.

Heidrun Päulgen

Blattwerk

Cover: Heidrun Päulgen

Für meine wunderbaren Jungs

Unterwegs ... in eine stille Welt.

Eintauchen in geschriebene Worte. Erdacht oder erlebt. Poetisch, erheiternd, oder wohltuend leise kommen sie daher, beflügeln mich, nehmen mich gefangen. Geschriebene Worte.

Unterwegs ... in der Natur, neue Wege erkunden, Atmen, Spüren, Staunen. Neue Aussichten und tiefere Einsichten bekommen. Meine Gedanken lernen fliegen. Die Sorgen rücken in weite Ferne. Ich finde Ruhe beim Wandern.

Unterwegs ... mit Freunden. Gute Gespräche. Auf verschlungenen Pfaden durch unsere Gedankenwelt reisen. Ansichten austauschen, Standpunkte erkennen, Nähe und Entfernung ausloten. Gefühle entdecken, Stimmungen wahrnehmen.

Unterwegs … dem Fluss der Zeit folgen, den Schiffen hinterher schauen bis zum Meer. Sehnsucht nach Ferne. Ganz gleich, auf welchen Wegen ich unterwegs bin, ich begegne dem Leben auf unterschiedlichen Pfaden. Geist, Körper und Seele tanken auf. Bereichert und von Lebenslust gestillt.

Wolkenbilder

An einem See liegend, beobachte ich vorbeiziehende Wolken, bestaune den ständigen Prozess der Veränderung.
Manche Wolken erinnern an ein Tier oder eher ein Schiff? In einer anderen Wolke erahne ich ein Gesicht. Letztendlich ähneln sie flüchtigen Gedanken, phantasievoll und irreal.
Sie bauen sich auf, verändern sich, segeln weiter oder lösen sich auf, werden vergessen.
Ich stehe auf, laufe zum See und tauche ein ins erfrischende Nass. Auch hier sehe ich Wolkenbilder, gespiegelt im Wasser, durch Wellen verzerrt. Verletzte Wolken, blitzende Gebilde. Ich verlasse das Wasser, wickle mich in mein Badetuch und entspanne in wärmender Sonne.
Alle Wolken sind verflogen.

Der Wind ...,

ist ein Draufgänger, trägt die Worte fort, die ich dir zurufe. Er macht was er will.
Ist's ihm zu warm, legt er sich und rührt sich kaum. Wo ich ihn brauchen täte.
Ist es kalt indes, lässt er es noch kälter scheinen, schneidet mir in mein Gesicht.
Hat er Lust zu heiterem Spiel, treibt er die Wolken vor sich her, spielt mit den Blättern in den Zweigen, lässt Blütenblätter wie Konfetti regnen und Halme miteinander tanzen. Manchmal, im Übermut, lässt er Röcke der Frauen fliegen, bis die Spitzenhöschen blitzen, - so ein Schelm!
Er lässt die Wäsche auf der Leine flattern, dass ich sie heut' noch Bügeln kann.
Er spielt mit Windspielen, die ich ihm in den Garten gehängt habe, und erfreut Auge und Ohr.
Hat er üble Laune, dreht er durch, wird ein Wirbelwind, mutiert zum Sturm. Rüttelt und

schüttelt an allem, was nicht Niet - und Nagelfest ist. Verschont weder Baum noch Haus, kennt kein Erbarmen.

Windhund, schimpfe ich, leg dich schlafen und gib endlich Ruh.

Aufräumen muss *ICH*

Im März

Der März scheint vielmehr der Frühling als der April. Eine immer wiederkehrende Sehnsucht nach Erneuerung erfasst die Menschen. Der Aufbruch in der Natur wird sichtbar. Die Bauern im Umland beginnen mit der Vorbereitung ihrer Felder. Traktoren rattern, es riecht nach aufgebrochener Erde. Eine imaginäre Aufbruchstimmung macht sich breit. Die Tage werden länger. Das frühe Jahr treibt uns an, beflügelt und inspiriert. Kraniche, die in großen Formationen aus dem Süden zurückkehren, sind ein sicheres Zeichen für den beginnenden Frühling. Die Singvögel sind plötzlich wieder da und emsig mit Nestbau und Brut beschäftigt. Wie bezaubernd ihr Singen klingt. Ihr jubilieren am Himmel erinnert mich an Violinen. Es zieht mich in den Garten, um die ersten grünen Spitzen der Frühblüher zu entdecken. Schneeglöckchen und Krokusse, ich begrüße sie wie alte Freunde. Die verblühten Hyazinthen, die mir zum Geburtstag geschenkt wurden, pflanze ich ins Beet. Sie werden nächstes Jahr neu erblühen. Die ersten

Sonnenstrahlen wärmen Gesicht und Seele. Nach und nach weicht das triste Grau der vergangenen Monate. Frisches Grün, Gelb und Violett erobert die Beete. Gänseblümchen verzaubern die Wiese mit ihren weißen Köpfchen. Ich denke an Kindertage, wo wir Blütenkränze daraus flochten. Die Natur erwacht, und alles ist erfüllt von neuem Leben. Jahr für Jahr im März.

Mit allen Sinnen

Ein Waldspaziergang tut mir gut. Hier kann ich durchatmen, die Lungen vom Staub der Straße reinigen. Ich lasse mich bewusst darauf ein. Mein Wald nimmt mich freundlich auf, lässt mich eintauchen in seine sinnlich, mystische Welt. Er erzählt mir seine Geschichten, während meine Füße federnd über Moos bedeckten Boden schreiten. Der Wind in den Blättern flüstert von Märchen aus Kindertagen. Flirrendes Licht in den Zweigen lässt Feen tanzen, während Trolle sich im Unterholz verstecken, um mich zu erschrecken. Achtsam klettere ich über Wurzeln und Pflanzen. Fühle mich beobachtet, mein Wald schaut mir zu. Ein Käuzchen ruft. Es knackt und raschelt im Unterholz, ... was war das??
Über mir, in den Wipfeln der Baumkronen, das fröhliche Zwitschern der Vögel. Ich lehne an der rauen Borke einer mächtigen Eiche, und lausche mit geschlossenen Augen dem

Rauschen des Windes, dem gurgelnden Plätschern einer nahen Quelle, dem Gurren der Hohltaube, dem Gesang von Baumpieper und Eichelhäher. Ich höre das Trommeln des Spechtes und das Gesumme unzähliger Bienen und Insekten. Rieche den würzigen Duft von Moos und Farn, von Fichte, Buche, Eiche, und den lieblichen Duft blühender Linden und des Geißblattes. Herabfallende Blätter rascheln leise. Meine Augen erfreuen sich an satten Farben, Gelb, Grün, Rot und warmes Braun. Im höher gelegenen Buchenwald ist der Boden bedeckt mit Buschwindröschen, verwunschen und schön. Nicht zuletzt beschenkt mich der Wald vom Sommer bis in den Herbst mit köstlichen Beeren, schmackhaften Pilzen und Nüssen. Vom Sturm gebeugt, neigt die alte Eiche am Bach ihren Stamm. Trotzig reckt sie einen knorrigen Ast in den Himmel, noch voller Lebenswillen.

Kaum sichtbar, dennoch vorhanden, birgt der Wald längst vergangene, überwucherte Wahrheiten. Zeichen aus der Vergangenheit. Furten, alte Handelsstraßen und La Tène Öfen aus keltischer Zeit, erinnern noch heute an Menschen, die mühselig Wege gebahnt und ein hartes Leben gelebt haben. Die alten

Bäume, die meinen Weg säumen, haben viele Leben gesehen. Sie sind wahre Zeitzeugen. Von imposanter Größe, mit kräftigen Wurzeln, stehen sie als Sinnbild für pures Sein. Ich habe mich in den Wald begeben, um mich zu bewegen, - und bin bewegt von dem, was er mir gibt.

Geduld

Geduld ist eine Tugend, für die man, sofern sie einem zu eigen ist, nicht dankbar genug sein kann. Ich wünsche mir mehr davon, sie fehlt mir. All die klugen Sprüche zu diesem Thema konnten mich nichts lehren. Sind fruchtlos an mir vorübergegangen. Ungeduldig wie ich bin, vermassele ich so manches Werk vor seiner Vollendung. Auch Gedanken, die ich nicht zu ende gedacht habe, haben Lücken, oder gar Schäden in meiner Lebensbahn hinterlassen. Ich ernte sozusagen die Äpfel bevor sie reif sind, und wundere mich, dass sie sauer sind. Nun ja, aus Fehlern wird man klug, heißt es. Doch mit dem Klug werden, ist dass auch so eine Sache. Was Hänschen nicht lernt, lernt Hans nimmer mehr. Stimmt natürlich auch nicht immer, tröste ich mich! Ich weiß ja von meinen Defiziten. Und was man schon weiß ... Franz Kafka meinte, - um auf die Geduld zurückzukommen, dass wir wegen der Ungeduld aus dem Paradies geflogen sind.

Welch ein Drama! Gut, da war ich noch nicht dran beteiligt, aber es sollte mir zu denken geben! Doch wie schaffe ich es geduldiger zu werden? Ist die Ungeduld denn immer nur negativ? Ein polnisches Sprichwort sagt, Ungeduld ist wie ein Hemd voller Ameisen. In dem Fall fühlt sie sich krass negativ an, ohne Zweifel! Wenn ich mich an der Bibel orientiere, so soll ich geduldig in Trübsal sein. Eine düstere Aussicht! Oma sagte: Mit Geduld und Spucke, fängt man eine Mucke. Da ist zumindest ein Gewinn in Aussicht: Die Mucke! Ich gebe nicht auf, arbeite weiter dran, geduldiger zu werden, denn ich habe erfahren: Geduld ist die Kunst zu hoffen. Wer langsam geht, kommt auch ans Ziel. Auch Rom ist nicht an einem Tag gebaut worden. Was lange währt, wird endlich gut, und:
Die Hoffnung stirbt zuletzt

Leben lernen

Das Leben ist kurz, denke ich, während ich meinem Enkel zuschaue, der ein Geschenk zu seinem zwanzigsten Geburtstag auspackt. Zu kurz! Je älter ich werde, desto krasser ist die Einsicht. In knapp drei Jahren werde ich siebzig, Vielleicht bleiben mir noch zwanzig Jahre, vielleicht auch weniger. Ich fühle mich gesund, mir geht es gerade richtig gut, bis auf ein paar Zipperlein. Ich genieße Freiheiten, die mir als junge Mutter verwehrt waren. Dennoch wird mir bewusst, das die Zeit, die mir bleibt, nicht ausreicht für all dass, was ich mir erträumt und was ich versäumt habe. Aufgeschoben auf später, weil es gerade nicht passte. Jetzt ist später! Doch anstatt mich aufzuraffen, noch irgend einen Traum zu realisieren, vertändele ich meine Zeit mit Grübeln über Gott und die Welt. Was mir letztendlich nur den Schlaf raubt. Ich mache

Kassensturz. Was bleibt, wenn ich gehe? Abgesehen von meiner wunderbaren Familie. Was hat Erinnerungswert? Gibt es etwas von mir, was meine Mitmenschen halbwegs interessiert?

Okay, wenn ich eine Fremdsprache erlernen würde, da hat am Ende auch niemand was davon. Auch nicht, wenn ich öfter in Museen oder ins Kino gehe, Freunde treffe, was verrücktes anstelle oder spontan in den Zug steige um zu verreisen. Außer … ich selbst! Mir würde es Lebensqualität verschaffen, Freude und Leichtigkeit. Darauf kommt es an. Denn es ist mein Leben, dessen Jahre gezählt sind, die ich so schön wie möglich gestalten muss. Dann bleibt den Leuten in meinem Umfeld zumindest die positive Erinnerung, an einen fröhlichen, interessierten und lebendigen Menschen. Warum, frage ich mich, halte ich trotz dieser wundervollen Vision krampfhaft am Roten Faden der Gewohnheit fest? Bin ich zu ängstlich meinem Leben eine Wende zu geben? Ich könnte taumeln, fallen und mich verletzen. Stimmt, das könnte passieren. Aber auch das gehört zum Leben.

Nicht allein

In meiner Not wende ich mich an meinen Bruder. Er ist sicher nicht der, dem ich zutraue, mir aus der Klemme zu helfen. Aber er ist da. Ich erzähle ihm von meinem Problem. Wider Erwarten hört er mir geduldig zu, unterbricht mich nicht! Es beruhigt mich, und es irritiert mich gleichermaßen. Ich bin es nicht gewohnt, dass er geduldig ist, oder gar aufmerksam. Als ich ihm alles gesagt habe, ist er lange still. Er schaut auf seine Hände, als ob es dort eine Antwort abzulesen gäbe. Dann legt er seine Hand auf die meine, und sagt schlicht: „Wir schaffen dass!" Allein diese drei Worte geben mir Kraft und Zuversicht, die Dinge neu zu ordnen und gelassener anzugehen.
Jetzt weiß ich, ich bin nicht allein.

Vergeben und Verzeihen

Warum fällt es mir mitunter so schwer, geschehenes Unrecht zu verzeihen. Stolz und verletzte Eitelkeit bilden schier unüberwindbare Mauern, die unumstößlich scheinen. Dabei ist es nicht unerheblich, wie nah ich dem Menschen stehe, von dem ich mich verletzt fühle. Je näher, umso intensiver sind Schmerz oder Groll, und je mehr ich mich gedanklich damit auseinandersetze desto tiefer gräbt sich der Stachel in die Seele. Ich sehe nur meine eigene Wahrheit, mag nicht zuhören, nicht glauben, dass es mehr gibt, als meine Sicht der Dinge. Es braucht Zeit und manche Überwindung, mir die zweite Wahrheit anzusehen, mich ihr offen zu stellen, die Antwort darauf auszuhalten. Nein, alles vergessen vermag ich nicht, es ist Teil meines Lebens. Vergeben aber, ist ein Akt der inneren Reinigung. Er befreit von einer Last, die mein Denken und Handeln beeinflusst, mich in vielem blockiert und meiner Gesundheit schadet. So wie ich mich von Zeit zu Zeit von altem, unnützem Krempel trenne, um den wirklichen Schätzen Raum zu geben, , wird das Vergeben zur zweiten Chance für einen neuen Lebensabschnitt. Ohne Bewertung, schlicht weil es mir guttut. Dazu ist jeder Zeitpunkt der Richtige. Nicht nur Weihnachten.

Der braune Koffer

Mit der Reise an die See erfülle ich mir einen Traum. Ich reise allein, habe eine Bleibe im Haus meiner Tante, die zur Zeit in Kur weilt. Das kleine ehemalige Kapitäns Häuschen liegt unmittelbar am Deich, und der Weg durch den Garten führt vorbei an einer Wildrosenhecke, direkt zum naturbelassenen Strand. Ich werde das gemütliche Gästezimmer unterm Dach beziehen, von wo aus man einen traumhaften Blick auf Dünen und Meer hat. Besser gehascht nicht! Tante Inka ist froh, während ihrer Abwesenheit jemanden im Haus zu wissen, und ich freue mich auf drei Wochen Ruhe, um ungestört und nach Herzenslust zu Schreiben. Als ich den alten Koffer vom Kleiderschrank hole, muss ich ihn entstauben. Liebevoll streiche ich mit der Hand über das von Gebrauchsspuren gezeichnete braune Leder. Aufkleber erzählen von Reisen in ferne

Länder. Sorgfältig fülle ich ihn mit Kleidungsstücken, Kosmetikartikeln, Laptop, Block und Lieblingsstiften. Ich erinnere mich an den Tag, als der Koffer in meinem Leben ankam.Vor ein paar Jahren habe ich ihn bei einer Auktion des Frankfurter Flughafens erworben. Er gehört zu den vielen Gegenständen, die vergessen wurden, aus irgendeinem Grund dort gestrandet sind. Nach einer gewissen Frist werden sie versteigert. Für mich war es Liebe auf den ersten Blick. Er hat mich fasziniert. Ich war gespannt, was er mir zu erzählen hatte, und was er vom Leben des Vorbesitzers preiszugeben bereit war. Ein Gefühl von Sehnsucht erfasste mich, zumindest in Gedanken mit dem Inhalt des Koffers auf Reisen zu gehen. Dann, der feierliche Moment, wo er in meinem Wohnzimmer stand und ich das unverschlossene Schloss mit einem Klacken öffnete. Der Inhalt des Koffers stellte klar, dass es sich bei der Besitzerin um eine Dame gehandelt hat. Die Kleidungsstücke zeugten von Stil und verrieten, dass sie die letzte gemeinsame Reise mit ihrem Koffer in wärmere Gefilde unternommen hat. Ein zerbeulter, breitkrempiger Sonnenhut, und bequeme Leinen-Bekleidung. Festes Schuhwerk verriet, dass sie viel unterwegs war. Ein Reiseführer löste das Rätsel um ihr Reiseziel: Ägypten. In einem der Schuhe fand ich, sorgfältig eingewickelt in ein Seidentuch, einen Glasflakon. Als ich ihn öffnete, nahm ich den Duft von kostbarem Rosenöl wahr. Unter weiteren Kleidungsstücken entdeckte ich ein Reisetagebuch. Ich blätterte und staunte, wie sorgfältig sie ihre Eindrücke niedergeschrieben und durch kleine Skizzen ergänzt hatte. Sie ließ mich eintauchen und in Gedanken ein Stück mit ihr zusammen reisen. Gerne hätte ich mehr über sie erfahren. Warum hatte sie den Koffer am Flughafen zurückgelassen? Ob sie ihn vermisst, ihren alten braunen Reisegefährten? Ich werde ihn in Ehren halten, mich von ihm inspirieren lassen zur Freiheit des Reisens, des Erinnerns und vor allem des Schreibens.

„Amerikaner Gotik

Else und Karl Friedrich

Ich stelle mich halb hinter Karl Friedrich. Ein Fotograf wird uns ablichten, um unsere Anwesenheit zu dokumentierend, mein Gott, wie aufregend! „Bitte still stehen", mahnt der Fotograf, „sonst verwackelt das Bild!" Ich schaue meinen Mann von der Seite an. Wie er da steht, mit seiner Heugabel. Mir drängt sich das Gefühl auf, dass er bewaffnet ist. „Ja verdammt"..., explodiert es plötzlich in mir, „ich habe Gefühle, die er nicht wahrnimmt, weil er sie nicht kennt, ja, nicht einmal ahnt!" Grob ist er, und steif in seinem Gehabe. Alles braucht seine Ordnung, ist streng geregelt! Passiert einmal etwas Unerwartetes, oder Wunderliches, kritisiert und korrigiert er es sofort. Anderssein ist ihm unheimlich. Großer Gott, erst in diesem Moment des fotografiert Werdens und still Haltens erkenne ich meinen

Mann, so, als sähe ich ihn zum allerersten Mal. Die Maske der Frömmigkeit, hinter der er Macht ausübt. Der schmale Mund, der Härte verrät und der sture Blick, der jede liebevolle Geste abschmettert, als wäre es eine Waffe, gegen die es sich zu wehren gilt. Und dazu passend: Die Heugabel!" Es blitzt und pafft: Das Foto ist geschossen, und das Bild von Karl Friedrich hat sich in meine Seele eingebrannt.

Zwei Minuten

Manche Leute haben ein etwas verzerrtes Zeitgefühl, wenn es zum Beispiel um zwei Minuten Hilfe geht. Als Außendienstlerin bemühe ich mich, Termine punktgenau einzuhalten, um meinen Terminpartner nicht aus seinem Zeitfenster zu stoßen. Mitunter zieht das sogar verkehrsrechtliche Konsequenzen nach sich. So fallen mir andererseits meine wenigen grauen Haare vom Kopf, wenn mich mein so geduldiger Partner bittet, ihm zwei Minuten bei irgend einer Tätigkeit zu helfen. Es gelingt ihm regelmäßig die angefragten zwei Minuten zu zehn, zwanzig, oder gar dreißig Minuten auszudehnen, sodass ich getrost alles andere um mindestens eine halbe Stunde verschieben muss. Hat er dadurch einen Vorteil? Ist er ein Minutendieb? Spart er sich die Zeit, die ich ihm länger zur Verfügung stehe? Lebt er dadurch länger?? Ach wenn ich nur wüsste, was er mit meiner Zeit anfängt. Vielleicht hebt er sie ja für mich auf???

Traummann

Mitten in der Nacht wachte Greta schweißgebadet auf. Ein Traum hatte sie völlig verstört, hielt sie fest umklammert. Sie stand auf, ging im dunkeln den gewohnten Gang ins Bad, wusch sich das Gesicht mit kaltem Wasser. In der Küche goss sie sich ein Glas Milch ein und setzte sich an den Küchentisch. Ihre Gedanken rutschten zurück in den Traum, verwoben sich mit der Realität. Torben, mit dem sie im Mai ihren fünfunddreißigsten Hochzeitstag gefeiert hatte, wollte sie verlassen, zumindest im Traum. (An so etwas hätte sie nie gedacht.) Sie war schwer getroffen. Fragte, ob es eine andere gebe, was er ohne zögern bejahte. Greta durchlitt qualvolle Stunden, weinte bitterlich, schlug dennoch sein tröstendes 'in den Arm nehmen' aus. „Vielleicht später einmal", hatte sie gesagt.
Sie weinte um die Demütigung, als sechzigjährige verlassen zu werden. Sie weinte um ihre Familie, um gemeinsame Freunde. Sie machte sich Gedanken um ihre finanzielle Situation. Und, sie weinte um Torben!

Greta wollte diese Trennung nicht, wollte ihr altes Leben nicht verlieren.

Sie trank von der Milch, wischte sich die Tränen aus den Augen, wohl wissend, das es nur ein Traum war, der sie leiden ließ. Klar hat sie ihn manchmal sonst wohin gewünscht, ganz real! Gegen unzählige Macken hatte sie vergeblich angekämpft. PiS zum Beispiel, steht für Pinkeln in Stehen. Die feuchten Socken, die er abends vorm Fernseher achtlos auf den Boden wirft. Die Barthaare nach der Rasur im Waschbecken. Und: Wo ist meine Brille, oder ständig Krümel auf dem Wohnzimmertisch. Die Lampe im Keller, die seit Monaten nur noch müde Blinkzeichen von sich gab. Seine stoische Langsamkeit, nicht zu vergessen das Schnarchen!, ... und vieles andere. Alles Kleinigkeiten? Ständig findest du ein Haar in der Suppe, sagte Torben, wenn sie sich beklagte. Ja, ja, sie klagte: dass sie mit jedem grauen Haar auf ihrem Kopf unsichtbarer für ihn wurde, dass er nur noch zuhause hockte, seit er die Rente durch hatte, kein Stück Unternehmungsgeist hatte.

Auch sonst lief kaum etwas zwischen ihnen. Sie waren zu Partnern geworden, die auf Nähe verzichteten, sich aber dennoch wortlos

verstanden, sich aufeinander verlassen konnten,
aufeinander aufpassten. Reichte das? War das
genug?

Es hatte auch dunkle Zeiten gegeben, wo sie
am liebsten abgehauen wäre, und nur der
Kinder wegen blieb. Aber die Krisen hatten sie
überwunden. Dennoch kroch die Erinnerung
mitunter wie ein dunkler Schatten in ihr hoch
und trübte das Bild, selbst an ungetrübten
Tagen.

War da überhaupt noch so was wie Liebe
zwischen ihnen, jetzt? Hatte am ende der
Traum diese Frage beantwortet? Sie trank ihre
Milch, spülte das Glas, und legte sich an die
Seite ihres Mannes, der friedlich und
ahnungslos neben ihr schlief. Sollte sie ihn
aufwecken??

Der verschollene Ehemann

Er hatte sich eine Füllfeder gekauft. Nachdem er mehrmals seine Unterschrift, dann seine Initialen, seine Adresse, einige Wellenlinien, und schließlich die Adresse seiner Mutter auf ein Blatt gezeichnet hatte, nahm er einen neuen Bogen, faltete ihn sorgfältig und schrieb:

Verehrter Herr Reiffenrath,

herzlichen Dank für ihre Bemühung, mir bei der Aufklärung meiner Familien Angelegenheit behilflich zu sein.

Die Nachricht, dass mein Vater noch lebt, ist ausgesprochen erfreulich.. Dass er jedoch in Deutschland, jenem Land, das soviel Unglück über uns alle gebracht hat lebt, enttäuscht mich zutiefst. Noch mehr kränkt mich die Nachricht, dass er dort ebenfalls verheiratet ist: Mit einer Deutschen! Ich gestehe, er hatte Glück und hat die Gunst der Stunde zu nutzen gewusst. Als Knecht hat er sich hochgedient, und später die Erbin, eine Magd des kinderlosen Gutsbesitzers, geheiratet. Nun ist er Millionär!

Ich werde meiner Mutter die Nachrichten so schonend wie möglich überbringen, und alsbald mit ihr die Reise nach Deutschland antreten.

Offengestanden bin ich erfüllt von Neugier auf den Vater, den ich nicht bewusst kennengelernt, und doch mein Leben lang vermisst habe. Dennoch bin ich wütend über das Leid, das er meiner Mutter zugefügt hat. Sie hatte kein einfaches Leben. Sei es frevelhaft oder nicht, ich empfinde eine gewisse Schadenfreude, wenn wir sein Leben durch unser unangekündigtes Erscheinen ordentlich durcheinanderbringen. Wie wird er reagieren, und wie sich entscheiden?

Ihnen Herr Reiffenrath, danke ich von Herzen, Licht in dieses dunkle Kapitel meiner Familie gebracht zu haben. Bald werde ich meinen Vater, dank Ihrer Hilfe kennenlernen.

In herzlicher Verbundenheit
Ihr Emil Zatopec

Klara und Er

„…. Müller …, Müller …, Müller …", sinnierte er halblaut vor sich hin, bis ihm auffiel, dass ihm zu dem Namen nichts einfiel. „Ist das nicht?", versuchte er zu pokern. „Ja, ja, genau der!", fiel Klara ihm ins Wort, bereit zu glauben, dass sie sich gedanklich auf einer Ebene bewegten, und von ein und derselben Person sprachen. Nur unklar nahm er die Erzählung um diesen ominösen Müller wahr. Zu sehr befasste ihn die Erkenntnis, dass er sich in letzter Zeit so schwertat mit dem Erinnern. Klara schien davon unbeeindruckt. Er hatte es bislang gut verbergen können. „Wo war das kleine Café noch, wo wir ihn getroffen haben?", holte sie ihn aus seinen Gedanken. „Wen??"
„Ja diesen Müller, wen sonst?" Klara war pikiert über soviel Unaufmerksamkeit, und schüttelte ärgerlich den Kopf. Er schämte sich, kam sich gedemütigt vor. Sie war in die Küche

gegangen und räumte die Kaffeetassen in den Geschirrspüler. „Bist du fertig?" , fragte sie unvermittelt. „Womit??" „Wir sind zum Geburtstags meiner Schwester eingeladen."
„Deiner Schwester?" „Ja! Verflixt nochmal, hast du das schon wieder vergessen?" Er fühlte sich elend, ertappt und irgendwie abgehängt. „Ich hab es dir heute Morgen schon drei mal erzählt, hörst du mir überhaupt noch zu? Und die Zahnpastatube hast du auch wieder offen gelassen!", setzte Klara ärgerlich nach.
Er spürte, wie blanke Wut in ihm aufstieg. Nie zuvor war er laut, oder gar böse geworden. Sein Innerstes bäumte sich auf, und im gleichen Augenblick donnerte seine Faust auf den Küchentisch, als wolle er damit die Geister der Vergesslichkeit vertreiben. Die Vase mit den Blumen wankte bedenklich. Dann bedeckte er sein Gesicht mit beiden Händen und weinte. Zusammengesunken saß er vor Klara, die hilflos dastand, offenbar unfähig sich zu rühren, oder ihn in die Arme zu nehmen. Wie sehr hätte er jetzt ihre Nähe und ihr Verständnis gebraucht. Erschöpft stand er auf, nahm Mantel und Hut vom Haken, und verließ wortlos das Haus, machte sich auf, um zu Vergessen.

35

Erinnerung

Im Geist getroffen, schlägst die Faust an deinen Kopf, flehst um Hilfe und Verständnis.
Bettelst inständig: Nimm mich mit, ich will nach Hause.
Kann dich nicht mitnehmen, du musst bleiben.
Ich bin hilflos, du verzweifelt.
Klammerst dich an dass, was dir geblieben ist.
Sinnloser Kampf
Verlierst dich selbst, - jeden Tag ein bisschen mehr.
Bist desorientiert, Zeit und Ort werden unklar.
Die Worte wiederholen sich, ebenso die Fragen.
Ich will nicht. Was muss ich jetzt tun?
Trotzig, manchmal wütend, stemmst du dich gegen die Krankheit, die dir die Würde nimmt.
Anklagend, weinend, verzweifelt.
Deine Zukunft hat geschlossen - nur noch Fragmente der Gegenwart
Zurück in die Vergangenheit.

Erkennst du mich noch? Weißt du noch meinen Namen?

Auf der Suche nach dir selbst, stirbst du langsam deinen Tod.

Nehmt mich mit, ich will nach Hause.

Verlorene Seelen

Als Sonne hinterm Berg versinkt, am späten Nachmittag, haben wir erst Hälfte des Weges geschafft. Die Kinder sind müde und hungrig. Anton hat hohes Fieber. Karl trägt den geschwächten Jungen auf dem Rücken. Außer ein wenig Kräutertee, den Karl ihm ab und zu einflößt, hat er seit gestern nichts mehr zu sich genommen. Auch Maria wimmert leise vor sich hin. Gerade mal sechs Jahre alt, hat ihr Vater sie mit auf den beschwerlichen Weg durchs ins Schwabenland geschickt. Ihre Mutter starb bei der Geburt des jüngsten Bruders. Vater hat den Säugling zu einer entfernten Verwandten gebracht. Marias zehnjährige Schwester kümmert sich nun um den Haushalt und zwei weitere Geschwister. Ich streiche Maria tröstend über das nasse braune Haar. Ihre Stirn erscheint mir warm. Die schmalen Händchen blau vor Kälte, sie zittert. Ich nehme mein Schultertuch und wickelte es um den kleinen Körper. „Bald machen wir Rast, Maria, bald", tröstete ich. Es ist die zweite Reise, auf der ich Kinder ins Schwabenland führe. Oft ist es die einzige

Chance für ihre Familien, zu überleben. Der Weg ist beschwerlich. Einige Kinder überleben diese Tortour nicht, und die, die dort ankommen, haben bei Gott nichts Gutes zu erwarten. Von Heimweh geplagt, werden sie als rechtlose Arbeitskräfte bis zur Erschöpfung ausgenutzt. Kleine Sklaven, für die es mehr Schläge als Brot gibt, mehr Arbeit als Schlaf. Nicht wenige werden missbraucht. Nur selten sehen sie ihre Familien wieder. Die Armut in den Berghütten ist groß.

Die Wolken, die sich jetzt dunkel über uns ausbreiteten, verheißen nichts Gutes. Die Luft riecht nach Schnee. „Pause", ruft Karl über die Köpfe der Kinder, und zeigte auf einen Felsvorsprung. Während die Kinder sich erschöpft auf die kalten Steine setzten, schickt Karl sich an, eine letzte Ruhestätte für Anton herzurichten. Anton hat seinen Weg beendet. Ein kleines Kreuz aus Zweigen, ein letztes Gebet. Bald bedeckt Schnee sein Grab. Die kleine Gruppe setzt ihren schicksalhaften Weg fort.

Die Einsiedlerhütte

Es ist still in der Hütte an diesem Morgen im September. Zu still. Ich vermisse den schmächtigen Körper, der sich wärme suchend an mich drückt. Das gleichmäßig leise Atmen, den Duft des Kindes, der mein Herz weich macht, obwohl ich ihm meine Liebe nicht zeige. Die ersten Sonnenstrahlen erhellen die Stube. Ich stehe auf, öffne die Holzschalen vor dem Fenster, um mit der Bettdecke all meine Sorgen und Träume auszulüften. Mein Sonntagskleid, dass ich zur Einschulung meines Sohnes trug, hängt kraftlos am Haken der Stubentür. Ich schlüpfe in die derben Hosen die noch von Vater stammen, binde mein Haar zum Knoten, das Kopftuch darüber. Auf dem Weg zum Ziegenstall steht der Trog, aus einer Quelle gespeist. Eine Kelle frisches Wasser reicht mir als Frühstück. Gesicht und Hände wasche ich mir ebenfalls dort. Die Ziegen meckern, wenn ich sie mit derben kalten Händen melke. Berni, wie ich mein Balg genannt habe, hat zarte feingliedrige Hände. Er war schon mit fünf Jahren fürs Melken verantwortlich. Später auch fürs

Hüten auf der Alm. So hatte es Vater mit mir gehalten. Als Mutter nach einer Lungenentzündung starb, war ich Sechs. Wir begruben sie in hartgefrorener Erde auf dem alten Dorffriedhof. Die Trauergemeinde bestand aus dem Pastor, den vier Sargträgern, Vater und mir. Der Schnee, der über Nacht auf ihr Grab fiel, begrub zugleich all meine Träume. Mutter hatte mich früh das Schreiben und Lesen gelehrt, Flöte spielen und Handarbeiten, … „für ein besseres Leben", wie sie sagte. Vater hatte für derlei Zeugs, wie er es nannte, kein Verständnis. Er übertrug mir all die Arbeiten, die zuvor Mutter erledigt hatte, sodass mir keine Zeit zum Trauern oder Träumen blieb. Als Vater zehn Jahre später tot in seinem Bett lag, begrub man ihn neben Mutter. Ich blieb in der Hütte auf dem Berg, ohne weiter nachzudenken. Die Einsamkeit im Winter vertrieb ich mir mit Handarbeiten, die ich im Frühjahr auf den Markt ins Dorf brachte und gegen Nützliches tauschte. Sonntags holte ich die Blockflöte hervor, spielte sehnsuchtsvolle Melodien. Eines abends, im Winter 1944, klopfte es an meine Türe. Ich ließ den halb verhungerten zerlumpten Soldaten bei mir wohnen, pflegte

41

seine Wunden. Als er im Frühjahr des folgenden Jahres sang und klanglos verschwand, empfand ich große Leere in der Hütte, und in meinem Herzen, bis ich spürte, dass mein Leib sich mit Leben füllte. Ins Dorf zurückkehren wollte ich nicht. Dort war meine Mutter als junge Lehrerin von einem Hoferben geschwängert und als Hure verstoßen worden. Der seltsame Einsiedler vom Berg, hatte sie vorm sicheren Tod im eisigen See bewahrt. Sie war bei ihm geblieben. Ich nannte ihn Vater.

In zwei Tagen beginnen die Weihnachtsferien, und Berni, mein liebes Balg Berni, kommt zurück. Die Dielen der Stube sind geschrubbt. Einen Tannenzweig habe ich mit Schmuck aus Mutters Truhe geschmückt. Ich werde einen Kuchen backen, mein Sonntagskleid anziehen und ihm eine Flöte schenken, die ich im Dorf getauscht habe. Unbändige Freude und tiefe Dankbarkeit erfüllen mein Herz. Ich spüre Tränen in meinen Augen, Es ist, als ob ein Damm in meiner Seele bricht. Ich lasse ihnen freien Lauf.

Weihnachten 1944

Der Alarm am frühen Nachmittag zwingt uns unverzüglich mit dem kleinen Notfallkoffer runter in den Keller zu gehen, die wenigen Weihnachtskekse, die ich mit meinen Kindern am Küchentisch ausgestochen habe, bleiben ungebacken liegen. Der nächste Bunker ist zu weit weg. Im Gewölbe des Kartoffelkellers finden wir Schutz. Die Engländer haben früh „Christbäume" über dem Stadtteil abgeworfen, um Ziele zu markieren. Dann fallen die Bomben. Höllenlärm und schier unerträgliche Hitze umgibt uns. Ängstliches Wimmern der Kinder mischt sich mit den Gebeten der Alten. Die Erde erzittert, der Staub raubt uns fast den Atem. Warten auf Entwarnung. Ich versuche meine fünfjährige Tochter Paula mit der Weihnachtsgeschichte zu beruhigen. „Mama, glaubst du, das Christkind wird uns hier finden?", fragt sie ernst. „Weihnachten ist überall, Paula, auch hier!" antworte ich fest.

Nach über zwei Stunden, verlassen wir hustend das dunkle Gewölbe über die zerstörte Kellertreppe. Ich kann den Himmel sehen, blutrot, von der brennenden Stadt. Es gibt kein schützendes Dach mehr über uns. Das Haus, in dem wir wohnten liegt in Trümmern. Nichts erinnert an die prächtige Gründerzeitvilla. Der Anblick erschüttert. Zerstörung wohin ich sehe, kaputte Fahrzeuge, Feuer, Rauch und tote Menschen. Ein kleiner Trupp läuft mit einer Karre durch die Straßen um Leichen zu bergen. Keine Zeit zu trauern. Die Schockstarre weicht dem Überlebenswillen. Ich halte Paula an der Hand, während Karl, mein elfjähriger Sohn den kleinen Koffer mit den wenigen Habseligkeiten fest an sich drückt. Mühsam stolpern wir über den Schutt unseres Hauses. Den Blick auf den Boden gerichtet entdecke ich einen zerbeulten Kochtopf, hebe ihn auf. Die Kinder sind hungrig. Die karge Ration zum Frühstück hält nicht lange vor. Was soll aus uns werden, wohin sollen wir gehen? Ein alter Mann versucht sich aus den Trümmern des Nachbarhauses zu befreien. Ich laufe hin, schaffe Steine weg, die ihm den Weg versperren. Umständlich bedankt er sich. Ich erkenne in ihm den ehemaligen Lehrer meines Mannes, Maximilian von Raven. „Warten Sie", ruft er mir zu, „haben Sie Hunger?" „Meine Kinder haben Hunger, ja!" Er zeigt in die Trümmer seines Hauses und bittet uns mitzukommen. Auch er hatte in seinem Keller Schutz gesucht. Wir folgen ihm. Er leuchtet uns mit einer Taschenlampe den Weg. Der Keller ist groß. Er öffnet eine dicke Stahltüre, die den Bombenhagel scheinbar unbeschadet überstanden hat. Eine Karbid Lampe taucht den dahinter liegenden Raum in warmes Licht. Tisch, Stühle, ein Sofa, an der Wand ein Regal mit wenigen Büchern, ein Schrank. Er bittet uns Platz zu nehmen, bereitet Teewasser auf einem Gaskocher, stellt Brot, Schinken, Marmelade auf den Tisch, dann schiebt er das Regal beiseite. Eine Frau und zwei Kinder kommen zaghaft aus dem Versteck. Ich erkenne die jüdischen Nachbarn, und Karl seinen Schulfreund Bernhard. Die Freude darüber lässt den schlimmen Bombenangriff für einen Augenblick in den Hintergrund rücken.

„Gesegnete sei die Stunde der Hoffnung", sagt Herr von Raven feierlich und schneidet das Brot. Bitte nehmen sie", sagt er, „und bleiben

45

sie hier bei uns, bis der Wahnsinn da draußen ein ende hat." Weihnachten hat viele Gesichter, manche bleiben unvergessen.

Flüchtlinge

Tagtäglich hören wir Nachrichten zu der Flüchtlingssituation und schauen uns emotional aufgeheizte und wenig sachlich geführte Talkshows zu diesem Thema an.

Unsere Politiker tragen ihre Hilflosigkeit offen zur Schau, was zur Verunsicherung der Menschen und einer erschreckenden Spaltung der Bevölkerung führt. Neid, Missgunst und Gewalt breiten sich aus wie die Pest. Warum tun wir uns so schwer?

Wir leben in einer weltweit vernetzten, globalisierten Welt. Wir treiben Handel mit fragwürdigen Regierungen. Wir beuten ohne schlechtes Gewissen Menschen aus, um Gewinne zu maximieren. Wir liefern Waffen in Krisen und Kriegsgebiete. Und ja, - natürlich reisen wir gerne in alle Winkel dieser Erde, um fremde Kulturen kennenzulernen. Wenn uns jedoch Menschen aus Not und Elend zu nahe kommen, dann igeln wir uns ein, im gemütlichen Wohnzimmer, und wollen unsere Ruhe! Man hat ja schon beim Zuschauen am Fernseher Schweißperlchen auf der Stirn.

Unerträglich, diese Bilder von Krieg, Sterben, Zerstörung und bitterer Armut.

Wir sind privilegiert! Welch ein Glück!!

Aber, … wir sind Menschen, und Mensch zu sein erfordert Mut. Mut, offen aufeinander zuzugehen und nicht nur zuzusehen oder gar wegzusehen! Nicht alles wird dadurch gut, aber vieles wird besser!

Liah's Lächeln

Über den roten Dächern der Stadt lag flirrende Hitze bei wolkenlosem Himmel. Die Zeit schien stehengeblieben, still und unbeweglich. Seit dem Anschlag gestern, auf dem gut besuchten Gemüsemarkt am Waisenhausplatz, lag ein Trauertuch über der Stadt. Tiefe Betroffenheit lähmte die Menschen, niemand ging so einfach zur Tagesordnung über. Drei Tote, darunter eine Frau und ein Kind, und fünf Verletzte hatte es gegeben. Den Attentäter hatte es auch erwischt. Gott sei Dank sagten die einen, andere hätten ihn gerne selber bestraft. Am Ort des Geschehens hatten Menschen Blumen, Kerzen und Kuscheltiere niedergelegt. Nur Fotos der Todesopfer gab es keine. Sie waren Fremde, niemand kannte sie. Flüchtlinge, die scheinbar erst vor kurzem angekommen waren. Zeugen machten unterschiedliche Aussagen. Man ermittelte in alle Richtungen. Der Täter, ein bislang unbescholtener, politisch unauffälliger Mann, Mitte zwanzig, Student mit Schweizer Pass, wurde von einem zufällig anwesenden

Polizeibeamten in Notwehr erschossen. Eine Beziehungstat? Fremdenhass? Oder psychisch bedingt? War er allein? Welches Motiv auch immer er hatte, die Menschen hatten angst, waren verunsichert. Bern war bislang von solchen Gräueltaten verschont geblieben.

Liah hockte unter der Dalmazibrücke. Hier war es kühl. Sie schaute auf das Wasser der Aare, sah Menschen, die darin schwammen, offenbar freiwillig und mit Spaß. Sie erinnerte sich an ihre Flucht in dem überfüllten Boot. An ertrinkende Menschen, bis sie schließlich von einem Schiff der Seenotrettung aus dem Wasser gezogen wurden. Sie hatten überlebt, doch niemand wollte sie. Wie Ungeziefer oder eine Krankheit. Liah hatte gelernt ihre Gefühle zu verstecken. Angst verrät die Menschen, hatte Großvater ihr mit auf den Weg gegeben. Sei tapfer, meine Starke, hatte er gesagt und sie auf die Stirn geküsst. Dann hatte auch er die Augen für immer geschlossen. Liah war die einzige überlebende der Familie, nach dem verheerenden Bombenhagel vor einem halben Jahr. Sie schloss sich einer Gruppe von Leuten an, die sich auf den Weg nach Europa machten.

Außer dem Schmuck, den sie trug, war sie mittellos. Eine Frau namens Ayla, die mit ihrer Tochter für einen Platz in einem der Boote gezahlt hatte, nahm ihr den Schmuck ab und sicherte ihr damit die Überfahrt. Sie blieb bei ihr, zog mit in die Asylunterkunft Halenbrücke, gab sich als ihre Schwester aus. Gestern hatten sie den ersten Ausflug in die Stadt zum Markt unternommen. Aylas sechsjährige Tochter Enisa hüpfte aufgeregt an der Seite ihrer Mutter. Sie ist fröhlich, dachte Liah und fühlte sich mit ihren sechzehn Jahren des Glückes der Kindheit beraubt. Ayla kaufte an einem Gemüsestand für jeden einen Apfel, Liah steckte ihren Apfel in die Tasche ihres Kleides und besah sich die Auslagen. Sie erinnerte sich an die Märkte in ihrer Stadt, und an Mutter, mit der sie Gemüse und Huhn gekauft hatte, aus denen sie gemeinsam *SCHIESCH TAOUK* gekocht hatten. „Woran denkst du, Liah", fragte Ayla, als sie den traurigen Blick Liahs auffing. „An zuhause", antwortete sie. Hier war alles anders, trotz der Hitze kühler. Einige Menschen schauten sie an. Liah fühlte sich unwohl. Der Hijab, den sie trug, obwohl sie keine strenggläubige Muslima war, gab ihr so etwas wie Schutz. Ihre Eltern

51

lehrten beide an der Universität in Aleppo, waren offen und weltgewandt. Die Bomben nahmen Liah alles, was ihr Leben ausmacht hatte. Auch den Traum, einmal Musik zu studieren begrub sie. Liah schreckte aus ihren Gedanken auf. Um sie herum war plötzlich ein Gedränge. Ein Mensch stieß sie um, schlug mit einer Machete um sich und streifte die Hand, die sie schützend vors Gesicht hielt. Dann hörte sie Aylas Schreie, und sie hörte die Schreie der Menschen um sie herum. Sie stand auf, suchte nach Ayla und Enisa, sah all das Blut. Sie fand Ayla, die auf dem Boden lag, den schlaffen Körper des Kindes in ihren Armen, das sterben in ihren Augen. „Ahrb, ahrb", flüsterte sie, dann spuckte sie Blut.

Liah rannte, wie Layla gesagt hatte, ohne zu zögern und ohne Ziel einfach weg. Bis hinunter zum Fluss, unter die Brücke. Dort versteckte sie sich. Sie blieb, auch als es Nacht wurde.

Liah ging ans Ufer der Aare, kühlte sich die Wunde, die sie an ihrer Hand davongetragen hatte. Sie fühlte keinen Schmerz, alles in ihr war seltsam taub. War sie nicht gekommen um Frieden zu finden, um die schrecklichen Bilder zu vergessen. War die Welt auch hier nicht besser? Sie war erschöpft und müde, seit gestern hatte sie nichts gegessen, den Apfel, das letzte Geschenk Aylas, würde sie nicht anrühren. Sie legte sich auf den Boden und schloss die Augen.

Die Nachrichten, das Attentat an erster Stelle, brachten Interviews mit Politikern aller Couleur. Eine Videoaufzeichnung von Marktplatz bezeugte, dass die Opfer in Begleitung eines Mädchens unterwegs waren, welches einen Apfel vom Opfer bekam. Es zeigte den Täter, der ohne zu zögern die Frau mit dem Kind tödlich verletzte, wahllos um sich schlug, bis er selbst, von einer Kugel getroffen zusammenbrach. Das Mädchen war seitdem unauffindbar. Mitbewohner der Sammelunterkunft wurden befragt, ohne Ergebnis. Erst drei Tage nach dem schrecklichen Geschehen ging ein Notruf bei der Polizei ein. Ein Angler hatte ein Mädchen, das völlig apathisch und nicht ansprechbar war, unter der Dalmazibrücke gefunden. Schnell war klar, dass es sich um das gesuchte Mädchen vom Waisenhausplatz handelte.

Als Liah wach wurde, lag sie in einem Krankenhausbett. Eine syrische Ärztin saß bei ihr, versorgte die Wunde an der Hand, die sich entzündet hatte, sprach ihr Trost zu, hielt sie in den Armen, und ließ sie weinen. Liah litt unter Albträumen. Mehrmals war sie schreiend aufgewacht, man gab ihr Beruhigungsmittel. Sie kriegte die Bilder nicht aus dem Kopf. Klammerte sich an die junge Ärztin. Polizeibeamte kamen, stellten Personalien fest und befragten sie als Zeugin zum Attentat. Sie stellten fest, dass Liah nicht Aylas Schwester war. Die Unterbringung in eine Einrichtung für Minderjährige wurde organisiert, das Wort Abschiebung fiel. Ihr Leben schien aussichtslos. Nach dem dritten Tag holten Polizeibeamte sie aus dem Krankenhaus. Wie eine Verbrecherin wurde sie abgeführt. Sie schämte sich. Die junge Ärztin versprach ihr Hilfe, falls sie Probleme hätte.

Die Unterkunft in die man sie brachte, verschlimmerte ihre Situation. Sie verschloss sich allem, blieb auch am Tage auf ihrem Bett sitzen, schaute teilnahmslos vor sich hin. Mehrmals noch kam die Polizei, stellte Fragen, die sie nicht beantworten konnte. Sie sah keinen Sinn in ihrem Leben, es gab nichts, wofür es sich gelohnt hätte weiterzumachen. Liah begann die Beruhigungstabletten zu sammeln, die man ihr abends hinstellte.

Von dem Tag an, als Yara in ihr Zimmer einquartiert wurde, änderte sich ihre Stimmung. Yara war erst vierzehn, war im sechsten Monat schwanger von einem Mann, der ihr Großvater hätte sein können. Ihre Afghanische Familie hatte sie zwangsverheiratet. Liahs Lethargie wich der Anteilnahme. Sie hörte Yara zu, tröstete sie wenn sie hoffnungslos war, freute sich mit ihr, wenn das Kind in ihrem Bauch sich bewegte. Sie ging mit Yara spazieren, weil Bewegung und frische Luft gut für sie waren. Sie begleitete sie in die Klinik, wenn sie untersucht wurde, hörte den Herzton des ungeborenen und, ... sie lächelte zum ersten Mal, auch mit den Augen. An Liahs siebzehnten Geburtstag kam Sarah zur Welt. Eine Schwester holte Liah, die ungeduldig vor dem Kreißsaal gewartet hatte, und legte ihr den Säugling in den Arm. Liah weinte vor Glück, und lachte vor Freude. Es schien ihr, als hätte sie eine Familie gefunden.

Der Tag, als eine Frau von der Ausländerbehörde in die Unterkunft kam, und den Rückführungsbescheid für Yara vorlegte, stürzte die beiden jungen Frauen in große Verzweiflung. Liah erinnerte sich an Dr. Nesrin Mahabir, beschloss sie um Hilfe zu bitten. Fast eine Stunde zu Fuß, lief sie zum Hospital Berne, wo die Ärztin arbeitete. Eine weitere Stunde musste sie sich gedulden, bis die Syrische Ärztin Zeit für sie hatte. Sie hörte geduldig zu, sprach von Kirchenasyl, und dass sie sich mit dem Krankenhaus Pfarrer in Verbindung setzen würde. Liah trug so etwas wie Hoffnung im Herzen, als sie zurück in die Unterkunft ging. Drei quälende Tage später kam die Ärztin und fuhr sie in eine Kirche, wo sie in einem Nebenraum mit Küchenzeile einquartiert wurden. Ein Jahr verbrachten sie dort, bis sie endlich das Recht auf Asyl in Händen hielten. Liah, lernte in dieser Zeit deutsch, lehrte Yara, die Analphabetin war, das Lesen und Schreiben. Sie machte Abitur, studierte Musik. Das Glück, eine Familie zu haben gab ihr Kraft, das neue Leben in der Fremde zu meistern. Und wenn sie am Klavier saß, und spielte, vergaß sie allen Schmerz, und ein stilles Lächeln verzauberte ihr Gesicht.

Edda und Len

Ein letzter tiefer Zug. Edda drückte ihre Zigarette in einem leeren Blumentopf neben der Holzkiste, auf der sie saß, aus. Der Zeitungsbote schob die Tageszeitungen in die Briefkästen im Hausflur und in einigen der Wohnungen des Mehrfamilienhauses gingen Lichter an. Sie liebte diese kurze Auszeit im Hinterhof, in dem eine große Linde stand. Die Verschnaufe-Zigarette auf der Holzkiste. Das Erwachen des Tages holte sie runter vom Stress der Nacht. Die Klinik, in der sie von Montag bis Freitag Nachtschicht auf der Intensivstation schob, lag nur zehn Minuten Radweg entfernt. So war sie pünktlich zuhause, wenn Len zur Schule musste. Es war nicht einfach mit dem Sechzehnjährigen, in letzter Zeit. Körperlich und Mental voll pubertär und nur schwer erreichbar. Die Zeit des liebevollen Miteinander schien ausgesetzt. Manchmal rastete er aus, schlug die Türen, und verschwand wortlos. Er zog mit seinen Kumpels, die sie nicht kannte, um die Häuser,. Den Ausgang bis um Zehn konnte sie unter der Woche nicht kontrollieren, ihr Dienst begann um neunzehn Uhr. Len's Vater hatte sich früh aus dem Staub gemacht, drückte sich erfolgreich vor Verantwortung und zahlte keinen Cent. Bis zu Len's zehntem Geburtstag hatte er eine Oma, die ihn abends zu Bett brachte, ihm Geschichten vorlas. Sie war verstorben. Len war ein liebenswerter, kluger Junge. Nur wenn sie ab und an jemanden mitbrachte, drehte er ab. Er wollte seinen Vater nicht ersetzt haben. In den letzten Monaten wurde sie mehrmals von der Polizeiwache angerufen, wo sie ihren Sohn abholen musste. Kleinere Eigentumsdelikte, ein Graffiti an falschem Ort, Alkohol auf dem Schulhof. Einmal stand sogar das Jugendamt vor der Tür, um seine Lebensverhältnisse zu überprüfen. Auch seine schulischen Leistungen ließen nach. Das Lehrergespräch war ausführlich und deutlich. Wenn er sich nicht krass auf die Hinterbeine setzen würde, konnte er seinen Abschluss vergessen. Das ist normal in dem Alter, tröstete die Kollegin, bei der sie sich ausweinte, das gibt sich wieder. Edda hätte sich einen Partner gewünscht, der ihm und ihr Halt gab. Zumindest finanziell ließ sie ihn nicht abgehängt dastehen. Hippe Klamotten, das angesagte Handy, Spielekonsole, genügend Taschengeld. Oft ging sie, nachdem Len zur Schule war, in einem Supermarkt Ware einräumen, damit sie über die Runden kam. Edda fröstelte. Sie war müde. Heute Nacht war der Teufel los auf der Station. Ein Verkehrsunfall mit zwei Schwerverletzten und später ein Syrischer Flüchtling, der im Stadtpark zusammen geschlagen worden war. Die Bilder von Menschen mit so massiven Verletzungen, konnte sie nicht einfach abschütteln, das nahm sie mit nach hause. Edda holte die Zeitung aus dem Briefkasten, und ging langsam die Treppen ins dritte Obergeschoss. Hinter der Eingangstür war es noch dunkel. Sie klopfte an Len's Zimmertür und schaltete das Licht an, sah, dass er in seinen Klamotten auf dem Bett lag. Wahrscheinlich hat er die Nacht durch gedattelt. Kein Wunder, dass er in der Schule schwächelt. Sie wusch sich die Hände, schaltete die Kaffeemaschine ein und bereitete das Frühstück.

Sie hatte Hörnchen vom Bäcker nebenan mitgebracht, die Len gerne mochte. Während Len sich im Bad aufhielt, schlug Edda die Zeitung auf. Ein großer Artikel auf der Ersten Seite berichtete von dem Überfall auf den Syrer im Stadtpark. Der Achtunddreißig jährige würde aufgrund seiner schweren Augenverletzungen wohl blind bleiben. Sie fragte sich wer zu solcher Grausamkeit fähig wäre und wünschte ihm die gerechte Strafe. „Hast du die Bücher gestern in der Bibliothek abgegeben", fragte sie Len, als er sich an den Tisch setzte. Len nickte. Er sah blass und übernächtigt aus. Edda verkniff sich weitere Fragen, weil sie auf patzige Antworten keinen Bock hatte. Er starrte auf die Zeitung, schnappte sich sein Hörnchen und verschwand mit einem dünnen Tschüss aus der Tür. Edda schüttelte den Kopf. Was für eine beschissene Zeit, dachte sie.

Auch die nächsten Tage zwischen ihnen blieben Wortkarg. Edda war zu sehr mit dem Schicksal des Syrers beschäftigt, und Len blieb ausnahmsweise zuhause, in seinem Zimmer. Seine Freunde schienen ihm nicht wichtig. Edda schob es auf die Abschlussklausuren. Sie hoffte, dass er den Knall gehört hatte, und nochmal die Kurve kriegte. Sie selbst verbrachte mehr und mehr Zeit in der Klinik. Hatte sich dazu bereiterklärt, sich um den Syrer zu kümmern. Die Operationen hatte er gut überstanden, jetzt ging es ans gesund werden. Der behandelnde Arzt verordnete Psycho- und Physiotherapie. Noel ben Nemsi lebte seit drei Jahren in Deutschland, war integriert, hatte Arbeit in der Stadtbücherei gefunden. In seiner Heimat hatte er ein Haus besessen und eine gut bezahlte Anstellung als Übersetzer. Er sprach drei Sprachen fließend und tat sich leicht mit Deutsch. Gebildet, höflich, bescheiden und äußerst gutaussehend eroberte der Patient die Herzen aller Mitarbeiter im Sturm, besonders Eddas blieb nicht verschont. Jede freie Minute verbrachte sie an seiner Seite, las ihm vor oder hörte ihm zu. Sie kümmerte sich um eine neue Unterkunft. Das Mansarden Zimmer war kein Ort für einen Blinden. In ihrer Nachbarschaft stand ein Appartement leer. Die wenigen Habseligkeiten waren schnell umgezogen. Sie erklärte ihm geduldig die fremde Umgebung. Den Bäcker an der Ecke, den Supermarkt über die Straße, die Bushalte schräg vor ihrem Haus. Sie gingen spazieren, nur nicht in den

61

Park. Dann lud sie ihn zum Essen ein. Sie holte ihn ab, er hatte Blumen besorgt. Len war mittags zu einem Vorbereitungsseminar zur Abschlussprüfung in die Stadt gefahren. Es würde also kein Problem für sie werden. Sie schloss die Wohnung auf, war erstaunt, Musik aus Len's Zimmer zu hören. Der Kurs sein auf morgen verschoben, sagte er. Sie deckte für drei. Als Len den Gast erblickte, verlor er alle Farbe. Er lief zur Türe, rannte die Treppe hinunter, als ob der Teufel hinter ihm her sei. Was Noel sehr irritierte. Edda entschuldigte das ungebührliche Verhalten ihres Sohnes, mit den Problemen, die er mit all ihren Bekanntschaften gehabt hatte. Nimm es nicht persönlich, hatte sie ihm gesagt.

Zwei Stunden später stand Len weinend und zitternd vor Edda und Noel ben Nemsi und gestand: Ich war dabei!"

Noch am gleichen Abend wurde Len festgenommen und in eine Jugendhaftanstalt überführt. Durch sein Geständnis, seine Reue und die Tatsache, das Noel und Edda sich gemeinsam um ihn kümmerten, kam Len nach zwei Jahren unter strengen Auflagen frei. Sie zogen in eine andere Stadt, wo sie als Familie Ben Nemsi einen Neuanfang wagten.

Leon

Das Meer schlägt wütend seine Wellen in den
Sand des breiten Strandes, färbt ihn dunkel,
gräbt ihn ab. Heftiger Ostwind peitscht das
salzige Nass in mein Gesicht. Ich streife meine
Kapuze vom Kopf, in der Hoffnung besser
sehen und hören zu können. Mein Blick sucht
angestrengt nach etwas Rotem, und meine
Ohren versuchen mehr als das Getöse von
Wind und Wellen zu hören. Seit Stunden
laufe ich den kilometerlangen Strand auf und
ab, rufe, nein brülle! verzweifelt den Namen
meines Sohnes. Die Panik raubt mir fast die
Sinne. Das einsetzende Gewitter und die
Dunkelheit lassen mich erkennen, dass es
besser ist, die Suche abzubrechen. Den ganzen
Mittag über haben freiwillige Helfer und die
Feuerwehr nach Leon gesucht. Das er am
morgen nicht zuhause in seinem Bett lag,
schuldete ich zunächst der gestrigen Party am
Strand. Erst am späten Vormittag erfasst mich
eine große Unruhe. Heute ist sein Geburtstag,
wir haben einen Tisch beim Italiener
reserviert. Von seinen Freunden erfahre ich,
dass Leon die Party schon vor Mitternacht

63

verlassen hatte. Nach und nach sickert durch, dass seine langjährige Freundin sich an diesem Abend von ihm getrennt hat. Ich erahnte, wie sehr ihn das verletzt hatte. Wusste von dem Ring, den er für sie gekauft hatte. Mein Gott, er wird sich doch nicht ...? Nein! An so etwas darf ich nicht denken. Ich will ihn finden! Und trösten. Ich rede mir selbst Mut zu und flehe: Gott hilf! Das zunehmende Gewitter zwingt mich, die Suche endgültig abzubrechen. Völlig erschöpft und durchnässt erreiche ich unsere kleine Kate hinter dem Deich, die ich seit dem Tod von Leons Vater alleine bewirtschafte. Schon von weitem höre ich das laute Blöken der Schafe. Sie wollten versorgt werden. Ich öffne die quietschende Stalltüre, schalte Licht an und fülle mechanisch den Eimer mit Wasser um es in den Trog zu gießen. Im halbdunkel sehe ich etwas Rotes aufblitzen.

Leon! Da liegt Leon mit seiner roten Jacke, zwischen den Tieren, inmitten ihrer stinkenden Hinterlassenschaften. Die leere Schnapsflasche umklammernd wie einen Rettungsanker, schläft er seinen Rausch aus. Weinend und überglücklich sinke ich auf die Knie und umarme das übel riechende Häufchen Elend. Dankbarkeit und

Erleichterung erfüllen mich. Den Rest der Nacht bleibe ich an Leons Seite, heilfroh, dass er 'nur' seinen Liebeskummer ertränkt hat.

Brenda's cut

Der Sommer neigte sich dem Ende. Brenda zog es noch einmal in den Garten, den sie am Wochenende mit Karl winterfest gemacht hatte. Der letzte Septembertag war angenehm warm, trotzdem fröstelte sie, zog den Reißverschluss ihrer Jacke zu. Die Nachbarin grüßte über den Zaun, Brenda hob lächelnd die Hand, ging weiter, wollte nicht reden. Eine Weile setzte sie sich auf die Bank neben den Sommerlavendel. Er blühte dieses Jahr besonders schön. Sie zupfte eine Blüte, rieb sie zwischen den Handflächen und sog den intensiven Duft ein. Die Spatzen tummelten sich zahlreich im Apfelbaum. Andere Vögel sah sie kaum noch in ihrem Garten, obwohl sie auch im Sommer Futter bereitstellte. Brenda füllte die Vogeltränke mit frischem Wasser und ging ins Haus. Sie ging prüfend durch die geräumige Wohnung, legte die Zeitung vom Morgen zusammen und stellte ihre Teetasse ins Spülbecken. Karl war mit dem Wagen zu einer Sportveranstaltung in die Kreisstadt gefahren, es würde spät, hatte er gesagt. Sie würde Zeit haben. Das Glas, mit der milchigen

Flüssigkeit, das auf dem Küchentisch stand, nahm sie mit ins Bad. Sie ließ Wasser in die Wanne, goss etwas Lavendelöl hinein und zog sich aus, bis auf die Unterwäsche. Der Spiegel beschlug vom Wasserdampf, sie konnte sich nicht erkennen.

Es war Liebe auf den ersten Blick, als Brenda Karl kennenlernte, sie war blutjung. Die Beziehung hielt, wenn auch die Liebe sich wandelte. Zunächst in Freundschaft, später in eine seelenlose Partnerschaft. Die gemeinsamen Kinder waren längst ausgezogen, lebten fernab ihr eigenes Leben, kamen nur selten zu Besuch. Ihr Leben war, trotz aller Beständigkeit, stets im Wandel. Sie bauten ein Haus, es gab harte Jahre, wo das Geld knapp war. Sie nahm eine Stelle in einer Zahnarztpraxis an, Karl wurde befördert. Es ging bergauf. Sie fuhren gemeinsam in Urlaub, erfüllten sich langgehegte Wünsche. Brenda bildete sich ein, Karl zu kennen, seine Gedanken und Gefühle. Als sie erfuhr, dass er eine Affäre hatte, litt sie still. Sie stürzte sich mehr und mehr in ihre Arbeit, buchte Kurse in der Volkshochschule, ging Tennis spielen. Die Abende verbrachte sie schweigend an Karls

Seite vor dem Fernseher. Sie sehnte sich nach Liebe und Zärtlichkeit, während Karl unbeteiligt neben ihr her lebte. Brenda fühlte sich wie in einem goldenen Käfig. Materiell ging es ihr gut, es fehlte an nichts, während sie Emotional verhungerte. Sie fühlte einen Knoten im Hals, wenn sie traurig war und keine Worte fand mit Karl zu reden, hatte das Gefühl keine Luft zu bekommen. Äußerlich gaben sie immer noch ein attraktives Paar ab, bekamen Komplimente, auch nach vierzig Ehejahren. An Scheidung dachte Brenda auch dann nicht, als deutlich wurde, dass dieses Leben ihrer Gesundheit schadete. Sie änderte nicht ihr Leben, sondern ihre Umgebung. Gestaltete und dekorierte die Wohnung und den Garten neu, kaufte sich Dinge, die sie vermeintlich glücklicher machten. Sie änderte die Frisur, ließ die Haare färben,buchte Wellness Wochenenden mit ihrer Freundin. Sie nahm Beruhigungsmittel und trank zu viel Alkohol. Karl zog es mehr und mehr weg von zuhause, er hielt sie nicht aus. Brenda stieß ihn ab. Nach langem Zögern und gutem Zureden ihrer Freundin, entschloss sie sich endlich einen Arzt aufzusuchen um eine Therapie zu beginnen. Zu spät!

Als Karl spät abends heim kam, war Brendas Sessel im Wohnzimmer leer. Niemand erwartete ihn. Das kalte Badewasser mit Lavendelduft, ein Glas milchiger Flüssigkeit. Er ging ins Schlafzimmer, fand den Kleiderschrank offen und leer. Auf dem Küchentisch lag ein Zettel:

Ich hab versucht,
dich in den Arm zu nehmen. Wie so oft, redest du mich weg.
Ich hab versucht,
Hand in Hand mit dir zu gehen, du versteckst deine Hände in der Jackentasche.
Ich hab versucht,
dir in die Augen zu sehen, dein Blick schweift in die Ferne.
Ich hab versucht,
dir meine Sehnsucht mitzuteilen, du weißt keine Antwort.
Ich hab gehungert nach Liebe,
die du mir nicht geben konntest.

Brenda hatte sich ein Taxi bestellt. Sie ließ sich zum Bahnhof fahren, stieg in den Zug nach Basel. Von dort aus reiste sie weiter in Richtung Italien. Als sie fast zehn Stunden später in Monterosso aus dem Zug stieg, hatte sie das Gefühl, angekommen zu sein. Sie nahm ihren Koffer, ging durch die Bahnhofshalle und sah das Meer im frühen Licht. Von der Mauer der Hafenbefestigung schaute sie den Fischern zu, die vom Fang der Nacht zurück kamen. Mit dem Brötchen aus ihrem Rucksack und dem Kaffee aus einem Automaten, genoss sie die entspannte Atmosphäre des beginnenden Tages.

Später meldete sie sich bei Karl. Es geht mir gut, mach dir keine Sorgen. Auf die Frage nach dem Warum, legte sie auf. Sie hatte sich aufgemacht, ihr Leben zu leben.

Mira

Das scheppern einer zu Boden fallenden Kaffeetasse schreckte mich aus meinen Gedanken. Eine Aushilfskellnerin hatte sie fallen lassen. Nervös schaute sie sich nach allen Seiten um.

Maria, die Besitzerin des kleinen Cafés brachte ein Kehrgeschirr, sprach leise auf sie ein.

Die junge Frau schien neu hier, ich hatte sie nie zuvor gesehen. Das 'Blanche' war mein Stammcafé, in dem ich morgens, wenn ich vom Spaziergang an der Promenade zurückkam, ein zweites Frühstück gönnte, ein Croissant, doppelten Espresso und ein Glas Leitungswasser. Hier saß ich Stunden, schrieb an meinem Roman. Als freischaffender Architekt, Künstler und Schriftsteller lebte ich, mit knapp vierzig, den Luxus mir Zeit zu nehmen.

Die leise Musik und das Gemurmel der wenigen Gäste lullten mich ein, ließen den

Zwischenfall schnell vergessen. Als ich am späten Vormittag das Café verließ um auf dem Markt zu gehen, sah ich eben jene junge Frau auf der Mauer an der Promenade sitzen. Sie schien aufgelöst, ich sah, dass sie geweint hatte. „Darf ich?" fragte ich und wies auf den Platz neben ihr. Sie zuckte die Schultern, was ich als Einverständnis deutete. „Kummer?" fragte ich mitfühlend.

„Sie waren heute morgen im Café", antwortete sie stattdessen.

„Ja, gab's Ärger wegen der Tasse?", erkundige ich mich. „Nein", sie schüttelte ihre dunklen Locken und lächelte gequält.

„Kann ich ihnen irgendwie helfen?", bohre ich weiter.

„Können sie zaubern? Dann ja", antwortete sie müde.

„Vielleicht, probieren wir es einfach, ich bin übrigens Daniel, Daniel Marjon", stellte ich mich vor und reichte ihr die Hand.

„Ich bin Mira, die Versagerin, und wenn sie zaubern können, habe ich drei Wünsche - wenn's nicht zu viel Mühe macht", antwortete sie sarkastisch. Ich betrachtete sie von der Seite. Ihr Gesicht war von herber Schönheit. Dunkle Augen, volle Lippen, die Haut zart getönt. Was konnte ihr so zugesetzt haben? Sie schien meine Gedanken zu erahnen.

„Nichts von dem was sie denken oder sehen ist wahr."

„Woher wollen sie wissen was ich denke, und überhaupt,wir kommen vom Thema ab."

„Welches Thema?" fragte sie verwirrt. „Naja, zaubern können", antwortete ich lächelnd. „Was sind ihre drei Wünsche, um die sie den Zauberer bitten würden", fragte ich ernst.

Sie atmete tief aus und ihr Blick verlor sich im Nirgendwo. „Diplom vermasselt, Wohnung gekündigt..." Sie schwieg und schluckte.

„Und das dritte Problem? Da fehlt noch eines!" Ihre Augen füllten sich wieder mit Tränen. „Das Schlimmste! Oma ist krank, es sieht nicht gut aus, sagt der Arzt..., sie hat mich großgezogen nachdem..., Aber warum erzähle ich ihnen das alles, sie können meine Welt auch nicht heil machen", sagte sie mit erstickter Stimme.

„Ganz einfach weil es gut tut, mit jemandem zu reden. Ich kann zwar nicht zaubern, aber einige Probleme scheinen mir durchaus lösbar. Ich reichte ihr ein Tempo.

„Entschuldigen sie", schniefte sie ins Taschentuch.

73

„Keine Ursache. Gehen sie mit mir Essen?" fragte ich spontan und zeige mit dem Kopf in Richtung Griechisches Restaurant. „Ich würde mich freuen, hab heute keine Lust selber zu Kochen. Machen sie mir die Freude, bitte!" Sie sah mich lange prüfend an, und nickte. „Danke", flüsterte sie, „für's Zuhören und für die Einladung."

Aus einem langen Nachmittag wurden viele glückliche Jahre, zwei zauberhafte Kinder, und ein gemeinsames Leben, dass wir mit Liebe und Zuversicht meistern.

Tessie

Genervt schlägt Hoflinger mit dem Handrücken gegen die aufgeschlagene Tageszeitung, die er während der Frühstückspause liest.

„Nichts als Mord und Totschlag, Korruption und sonstige Schlechtigkeiten liest man. Selbst zwischen den Zeilen fehlt die Wahrheit.

„Wie bitte?", fragt Tessie belustigt, „Seit wann kannst du zwischen den Zeilen lesen, Hoflinger? Du verstehst doch sonst nur das, was in Stein gemeißelt ist", antwortet sie lachend."

„Mach dich nicht lustig, kleine Kröte, von der Sorte Elend verstehst du nichts." Kameradschaftlich legt er den Arm um ihre Schulter. Gleichwohl wusste er, dass sie viel davon verstand. „Geh lieber an die Arbeit, der Stein soll morgen zum Friedhof." Das Mädchen, das ohne ein richtiges Elternhaus aufwuchs, ist ihm ans Herz gewachsen ist. Er hat sie vor vier Jahren buchstäblich von der Straße aufgelesen, bei sich aufgenommen. Almuth, seine Frau, war zunächst alles andere als begeistert. Willigte aber schließlich ein, als er von 'Vorübergehend' sprach. Als Tessie sich jedoch mehr und mehr für die Arbeit in seinem Betrieb interessierte, bot er ihr einen Ausbildungsplatz an. Sie blieb, und für Almuth und ihn wurde sie zu einer Tochter, die sie selbst nie haben konnten.

Mittlerweile ist sie im dritten Ausbildungsjahr und die einzige Frau im Betrieb. Die drei Kollegen sind nicht zimperlich, es gibt keinen Mädchen-Sonderbonus. Sie arbeitet gerne am Stein, ist künstlerisch begabt. Man sieht den zarten Händen die harte Arbeit nicht an. Nicht wenige ihrer Kunstwerke aus Sandstein haben Käufer gefunden, die Nachfrage steigt. Haflinger findet, dass Tessin zu wenig unter die Leute geht. Almhut formuliert es mit ihren Worten: „Ihr fehlt die geblümte Sorglosigkeit der Jugend." „Dann müssen wir wohl etwas nachhelfen", antwortet Haflinger pragmatisch.

Freitag wird sie zwanzig. Gemeinsam mit den Kollegen haben sie sich eine besondere Überraschung ausgedacht. Haflinger hat sie in der städtischen Galerie zu einer Gemeinschafts- Ausstellung angemeldet, einige ihrer Arbeiten heimlich dort hingeschafft. Anschließend hat er beim besten Italiener der Stadt einen Tisch bestellt.

Da Tessin außer Jeans und -shirts kein Kleidungsstück in ihrem Schrank hat, lädt Almhut sie zum Schoppen ein, wozu sie nur widerwillig zustimmt. Ein schlichtes rotes Kleid findet schließlich Gnade vor ihren Augen, sie sieht bezaubernd aus. Schuhe, sagt Almhut, du brauchst auch Schuhe. Ballerina oder Stiletts? Almhut bringt ihr eine Auswahl. Sie entscheidet sich für die bequeme Variante. Als Tessin am Freitag Abend ausgehfertig im Wohnzimmer steht, sind Almhut und Haflinger stolz wie Eltern. Sie hat ihr braunes Haar locker zu einem Knoten aufgesteckt und sieht hinreißend aus. Die Kollegen reagieren etwas verkrampft bei ihrem Anblick. Das sonst so burschikose Mädel hat sich in eine bildhübsche junge Frau verwandelt, da bleiben die lockeren Sprüche erst mal Stecken. Als sie die Galerie betreten, zieht sie die Blicke der Besucher an, wie ein Schwamm das Wasser.

Erst auf den zweiten Blick erkennt sie ihre Arbeiten, die im Lichtdurchfluteten Raum auf Konsolen stehen.

Haflinger lächelt ihr aufmunternd zu. „Na, Mädel, war sachte neu?" In Tessins Augen glitzert es verdächtig. Sie schlingt die Arme um Haflingers breiten Nacken und drückt ihm einen Kuss auf die Wange. Almhut nickt glücklich.

Der Augenblick der Ausstellungseröffnung ist gekommen. Ein junger Mann setzt sich ans Klavier und spielt Whitelist Waders von Kryostat Petrograf. Als das rührige Musikstück beendet ist, kündigt ein Laudator den Künstler aus Amerika an. Ein Mann, um die fünfzig tritt ans Mikrofon. Schon bei seinen ersten Worten verliert Tessies Gesicht alle Farbe. Almuth kann sie gerade noch auffangen als sie zusammenbricht. Ein zufällig anwesender Arzt kümmert sich um sie, verabreicht ihr ein Beruhigungsmittel, „Irgendwas hat sie sehr aufgeregt." Hoflinger versteht die Welt nicht mehr. Was ist passiert? Almuth setzt sich neben Tessie hält ihr die Hand. „Mein Vater, das ist mein Vater", flüstert Tessie, und zeigt mit dem Kopf in Richtung des Mannes am Mikrofon."

„Mama hat gesagt, er sei tot, in Afrika ums Leben gekommen. Sie hat mich all die Jahre belogen!"

Ein halbes Jahr später legt Tessie ihre Gesellenprüfung mit Bravour ab. Hoflinger gratuliert ihr als erster, als er sie in Düsseldorf an der Fachhochschule abholt, während Almuth sich um einen gebührenden Empfang mit einem Buffet kümmert. Tessies Vater, der seit zwanzig Jahren unter seinem Künstlernamen in Amerika lebt, kommt direkt vom Flughafen um seiner Tochter zu gratulieren. Er schenkt ihr einen Flug nach New York, wo er eine Ausstellung auch mit Tessis Werken, vorbereitet.

Ihre Zukunft jedoch, sieht Tessie bei Hoflinger, nicht nur der Arbeit wegen, oder aus purer Dankbarkeit, sondern aus tiefer Liebe zu den beiden Menschen, die sie ihre Familie nennt. Die ihr nicht nur ein Zuhause, sondern auch eine Zukunft geschenkt haben.

Unfall mit Nebenwirkung

Elisa verließ das Huntington Castle über die breite Treppe des Hauptportals, posierte im Blitzlichtgewitter der anwesenden Presse. Die jährliche Charité Veranstaltung, die ihre Familie in Clonegal ausrichtete, war weit über die Grenzen bekannt. Sie hatte die Moderation des Kulturereignisses übernommen, zu dem viele bekannte Künstler und Persönlichkeiten aus Politik und Wirtschaft angereist waren. Das schwarze Versace Kleid umschmeichelte ihre knabenhaft schlanke Figur. Unbestritten war sie der Star des Abends. Insgeheim hatte sie gehofft, dass auch Robert der Einladung gefolgt wäre. Doch ihr Schwager hatte der Glamourwelt den Rücken gekehrt, hatte seine Zelte bei einer Hilfsorganisation in Bolivien aufgeschlagen. Ein Jammer! Elisa seufzt, während Daniel ihr galant die Türe der Limousine öffnete. Im Fond des Fahrzeuges ändert sich ihr Gesichtsausdruck. Das zuckersüße Lächeln wandelte sich in ein spöttisches Grinsen. „Es geschieht Sandra recht, Robert hat sie sitzengelassen!" Ihr Ton klang verächtlich. „Sei nicht ungerecht, Elisa, du weißt, warum er nicht kommt. Daran bist du nicht unschuldig", antwortete Daniel, der neben ihr Platz genommen hatte. „Im übrigen hat Robert Sandra nicht sitzengelassen, er hat sich für das soziale Projekt in Cochabamba entschieden, weil ihm die Menschen dort wichtig sind!" „Ihr nehmt sie dauernd in Schutz, sie wickelt euch alle um den kleinen Finger, merkt ihr das eigentlich nicht?" „Was ist los Elisa? Deine Schwester hat sich ausgezeichnet in die Firma eingearbeitet, du profitierst sehr davon!" Daniel war die Diskussion leid. Elisa war eifersüchtig, missgönnte Sandra den Erfolg, und nicht zuletzt den Mann, mit dem sie eine Liaison gehabt hatte, bevor er sich für Sandra entschied.

Auch Daniel hatte sich die Finger an Elisa verbrannt, als er vor sechs Jahren, frisch von der Uni, in die Firma ihres Vaters einstieg. Er verfiel ihrem Charme, und unterlag ihrem berechnenden Herz. Sie war eiskalt und gebrauchte die Menschen nur.

Der Wagen hielt und Daniel begleitete sie zur Haustüre, verabschiedete sich mit unverbindlichen Wangenküssen. Er war müde und bat Karl ihn heimzufahren. Die Fahrt entlang der Küstenstraße erforderte die volle Aufmerksamkeit seines Chauffeurs. Es begann zu regnen, die stürmischen Böen schoben an dem schweren Fahrzeug. Daniel schloss die Augen, ließ den Abend Revue passieren. Es war Pflichtprogramm für die Führungsetage, zu der er seit drei Jahren zählte, nicht nur anwesend zu sein, sondern sich aktiv in die Organisation einzubringen. Soweit alles kein Problem. Nur, das Elisa ihn wieder einmal zu ihrem Tischpartner erkoren hatte, war ihm unangenehm. Sie genoss es offenbar, an seiner Seite zu sein, ließ ihm keine Ruhe, obwohl er keinerlei Interesse an ihr zeigte.

Ein heftiger Schlag riss ihn aus seinen Gedanken. Der Wagen schlingerte rechts und links über die Fahrbahn. „Karl!, was ist?", rief er entsetzt. „Ein Tier!! Oh Gott, neiiiin!" Das Fahrzeug brach aus, rutschte quer über die Fahrbahn, schoss eine Böschung hinunter, überschlug sich und blieb auf dem Dach liegen. Dann war es still. Daniel hörte das Surren der sich drehenden Rädern über ihm.

Benommen tastete er an seinen Kopf. Er blutete. „Karl, bist du in Ordnung?", keuchte er, kopfüber in seinem Gurt hängend. „Meine Hand", stöhnte der betagte Chauffeur. „Meine Hand ist verletzt, tut höllisch weh!" „Bleib ganz ruhig Karl, ich helfe dir", versuchte Daniel die Lage unter Kontrolle zu bekommen. Ehe er sich aus dem Gurt befreien konnte, hörte er Hundegebell. Der Schein einer Taschenlampe am Seitenfenster blendete Ihn. Eine Frauenstimme fragte, ob jemand verletzt sei. „Hallo, ja doch, Karl, der Fahrer!", rief Daniel erleichtert, „helfen sie ihm, seine Hand ist verletzt." Die Frau mühte sich vergeblich an der Fahrertür, sie klemmte. Der Kofferraum lies sich öffnen. Daniel hangelte sich nach hinten und gelangte durch die Heckklappe aus dem Fahrzeug. Gemeinsam halfen sie Karl durch die verbeulte Beifahrertür ins Freie. Er stöhnte, seine Hand sah seltsam verrenkt aus. „Lassen sie mich ihre Verletzung ansehen, ich bin Ärztin", sagte die Frau. Sie nahm ihren Schal, stabilisierte damit vorsichtig die verletzte Hand, und forderte die beiden auf mitzukommen. „Sie haben Glück, hier hätte sie so leicht niemand gefunden. Barny musste vor die Tür", sagte sie, und deutete mit den Kopf auf den schwarz weißen Border Collie. Mein Haus ist gleich um die Ecke. „Es war ein Tier", stammelte Karl, der immer noch benommen schien, „ein großes Tier, ein Rehbock, oder etwas in der Art." „Okay, ich werde gleich den Förster informieren!", versprach die Frau. „Ich bin übrigens Sally", stellte sie sich vor, „Sally Mc Craig." „Daniel Froster und Karl Benn et", antwortete Daniel, der Karl stützte, weil er wacklig auf den Beinen war. Tatsächlich lag das Haus etwas versteckt, hinter einer Baumgruppe. Durch die Fenster schien warmes Licht. Ein kleines Schild , mit der Aufschrift: Dr. Sally Mc Craig, Praktische Ärztin. Sally öffnete die Türe, führte die Verletzten in einen Behandlungsraum. Daniel betrachtete sie von der Seite, während sie sich die Hände wusch. Lange rotbraune Locken verdeckten ihr Gesicht. Sie besah sich Karls Hand, legte ihm einen Eisbeutel darum, legte einen Stützverband an und gab ihm ein Medikament gegen die Schmerzen. „Mehr kann ich im Moment nicht für sie tun, sie müssen in die Klinik, wahrscheinlich wird operiert." Dann kümmerte sie sich um Daniels Platzwunde. „Ich werde die Wunde desinfizieren und mit ein paar Stichen nähen, das brennt ein wenig", erklärte sie. Der Blick aus ihren bernsteinfarbenen Augen lies jeden Widerstand wie Schnee in der Sonne schmelzen. Er war unfähig seinen Blick abzuwenden. „Sind sie einverstanden?", holte sie ihn in die Gegenwart zurück. „Womit?", fragte er verwirrt. „Das ich die Wunde nähe", lächelte sie. „Aber ja doch", stammelte Daniel verlegen. „Alles Okay?? Haben sie Kopfschmerzen?, oder Sehstörungen?" „Ja … nein, es ist nur ..." Sie schaute besorgt, als er beim Anblick der Spritze blass wurde. „… nur ein kleiner Piekser, den sie kaum wahrnehmen werden", vollendete sie seinen Satz und begann mit der Wundversorgung. „Ich werde sie ins Krankenhaus fahren, sobald der Sturm nachlässt. Machen sie es sich solange im Wohnzimmer bequem." Sally ging in die Küche. Wenig später kam sie mit Tee und Gebäck zurück. Der Kaminofen schaffte eine behagliche Atmosphäre.

Sie telefonierte mit dem Förster, berichtete von dem Unfall, rief im Krankenhaus an, um Karl anzukündigen, legte Holzscheite nach, und gab dem Hund frisches Wasser. Dann setzte sie sich zu ihnen, stellte Fragen, füllte die nötigen

Formulare aus. Daniel beobachtete sie fasziniert. Nach etwa zwei Stunden lies der Sturm nach. Sally holte den Range Rover aus der Garage und fuhr ins Krankenhaus. Mittlerweile war es ein Uhr morgens. Karls Trümmerbruch am Handgelenk musste operiert werden, er blieb dort. Daniel kümmerte sich rührend um ihn, versprach ihm alles, was er für seinen Klinikaufenthalt braucht, am nächsten Morgen vorbeizubringen. Als er sich ein Taxi bestellen wollte, bot Sally an ihn heimzufahren. „Es liegt praktisch auf dem Weg", sagte sie. Daniel nahm dankend an, genoss es, noch etwas Zeit mit dieser Frau verbringen zu können. Wie sehr sie sich doch von Elisa unterschied. Erfrischend natürlich, empathisch und überhaupt, … diese Augen! „Sie mögen Karl", stellte sie fest. „Ja, er ist ein feiner Kerl, ein guter Freund", antwortete er und schwieg. „Ihr Haus liegt einsam", sagte er, als sie daran vorbeifuhren. „Ja", stimmte sie zu, „dafür hab ich Barny, er passt auf mich auf." Der Hund, der im Fußraum hockte, hob den Kopf und Daniel kraulte ihm den Nacken. „Ich hab die Praxis von meinen Großeltern geerbt und ihrem Wunsch entsprochen, sie weiterzuführen. Sie waren gute Menschen, und Großvater ein guter Arzt. Ich vermisse sie sehr. Es gibt nicht viele Patienten in der Gegend, aber sie brauchen mich."

Die Küstenstraße in Richtung Brittas Bay gab den Blick auf das Meer frei. Ab und zu, wenn der Mond durch die Wolken blitzte, sah Daniel das aufgewühlte dunkle Wasser. Am Tag ein fantastischer Blick, bei Nacht und Nebel eher gespenstisch und dramatisch. Daniels Haus stand auf den Klippen. Er hatte das ehemalige Herrenhaus als Ruine gekauft, von Grund auf saniert und damit vor dem Verfall gerettet. Auch den Garten hatte er selbst angelegt. „Es liegt schön", sagte Sally. „Ja", antwortete er nicht ohne Stolz. „Der Garten, und auch der Ausblick ist wunderschön. Ich würde ihnen gerne einen Kaffee anbieten, sie sind sicher müde." „Danke, aber meine Praxis öffnet in vier Stunden, vielleicht ein andermal. Kommen sie bitte in einer Woche zum Fäden ziehen in die Praxis und … schlafen sie gut, Daniel." Er dankte ihr, blieb stehen, bis der Wagen nicht mehr zu sehen war.

Trotz der bleiernen Müdigkeit konnte er nicht einschlafen. Nicht nur der Unfall und Karls

Verletzung, sondern auch Sally Mc Craig raubte ihm den Schlaf.

Am nächsten Morgen hatte das Wetter sich beruhigt. Er fuhr in die Stadt, wollte ins Krankenhaus um sich nach Karl zu erkundigen und ihm die Dinge zu bringen, die er benötigte, einen Abschleppdienst beauftragen und Blumen kaufen, die er Sally später bringen würde. Anschließend würde er seinen Laptop im Büro holen, um zuhause zu arbeiten. Karl hing noch in den Seilen, nach der Hand OP, brauchte noch Ruhe. Der Abschleppdienst würde nachmittags den Unfallwagen bergen. Für die Auswahl der Blumen nahm er sich besonders viel Zeit. Hortensien, Rosen, zartrosa Inkalilien und Lavendel schienen ihm passend. Auf dem Weg zum Parkplatz begegnete ihm Elisa. „Oh Blumen! Für mich?? Ein wenig bieder, oder?" „Für dich hätte ich sicher anders gewählt", antwortete er ausweichend und ging zu seinem Jeep. Du fährst selber?, kaufst Blumen?, was treibt dich um? „Nichts von Bedeutung", wiegelte er ab. Er hatte keine Lust auf Erklärungen. „Hast du dich geprügelt?" fragte sie unvermittelt und zeigte auf das Pflaster auf seiner Stirn.

„Wir hatten einen Unfall, Karl und ich.", erklärte er, und beschrieb kurz was passiert war. „Er ist ganz einfach zu alt für diesen Job, du hättest dich längst nach einem anderen umsehen können", kommentierte sie das Geschehen. Sie fragte nicht danach, wie es Karl ging. Daniel verabschiedete sich, stieg in den Jeep, bevor sie weitere Fragen stellen konnte. Er fuhr zur Praxis. Im Wartezimmer saßen zwei Patienten, er setzte sich dazu. Die Dame an der Empfangstheke fragte, ob er einen Termin habe. Die Türe des Behandlungszimmers öffnete sich, Sally schaute erstaunt. Daniel stand auf.

„Oh, Daniel, gibt es Probleme, ich meine, haben sie Schmerzen?", fragte sie besorgt. „Nein, ich möchte mich bedanken, … für alles." verlegen hielt er ihr die Blumen hin. „Danke, die sind wirklich sehr hübsch, aber das war selbstverständlich, ich bin schließlich Ärztin." Ihre Wangen färbten sich rosig. Wie schön sie ist, dachte Daniel. Sein Blick blieb an ihr hängen bis ein Patient sich räusperte. Er verabschiedete sich umständlich und verließ die Praxis. „Heute hätte ich Zeit für den Kaffee", rief Sally, die ihm gefolgt war. „Ich würde mich sehr freuen!", antwortete Daniel.

Er hatte das Gefühl, dass ihm etwas ganz besonderes widerfahren war. Wenn Karl sich nicht verletzt hätte, würde er diesen Unfall als Glücksfall sehen.

Robert

Mir fehlen die Worte, die Luft bleibt mir weg!
Dass dieser Luftikus es wagt sich hier sehen zu
lassen! Mir meinen Tag zu vermiesen. Mit
allen habe ich gerechnet, nur nicht mit ihm. Es
soll ein besonderer Tag werden, mein
sechzigster Geburtstag. Freunde und Familie
sind gekommen, um mir zuzuschauen wie ich
mein Geburtstagsgeschenk einlöse, und aus
vielen Kilometern Höhe via Tandem Sprung
aus einem kleinen Flieger springe. Ohnehin
schon ein aufregendes Unterfangen, das mir
viel Mut abverlangt. Hätte ich nur den Mund
nicht so voll genommen, diesen Wunsch vor
meinen Kindern zu erwähnen! Und dann, der
Schock: Ausgerechnet Robert! Dieser
Schönling, dieser Flirt Experte, dieser ... ,ach
was weiß ich nicht alles, bei dessen bloßen
Anblick mir schon vor zwanzig Jahren das
Herz bebte. Der mich verließ, um einer
feurigen Schönheit nachzustellen.
Ausgerechnet er, nachdem ich mich lange in

Sehnsucht verzehrte, ist mein Tandem Partner! Wie soll ich das aushalten? Ich werde aufgefordert, mir das nötige Tandem Geschirr anzulegen und mich zum Flugzeug zu begeben. Breit lächelnd steht er da und raubt mir immer noch den Atem. Er begrüßt mich herzlich mit dem Spruch: „Es ist mir eine große Freude mit dir in den Himmel zu fliegen, und gemeinsam ins Vergnügen zu stürzen. Auf eine glückliche Landung", flüstert er und zwinkert mir verschwörerisch zu. „Darauf habe ich mich sehr gefreut!" Hatten meine Kinder etwa ...? Weil sie davon wussten ...? Oh nein! Wie peinlich!

Und dann, der Sprung, ...eng mit ihm verbunden, hinab ins Ungewisse. Atemlos!

Schlange

Da ist sie, die Schlange. Ich steh im dicksten Freitagnachmittag Verkehr vor der Ampel. Rushhour in Siegen. Vom Kölner Tor bis an Kochs Ecke steht alles. Extra lange Ampelschaltungen sollen die Autofahrer davon abhalten, durch die Innenstadt zu fahren, der Feinstaubbelastung wegen. Aber ich will Einkaufen! Und der Laden ist mitten in der Stadt. Mit bestem Parkplatz- Angebot. Beim Blick in den Rückspiegel erkenne ich, am Steuer eines offenen Cabriolets, die Chefin meines Mannes. Sie schminkt sich ihre gepolsterten Lippen passend zum Rot ihrer Ledersitze. Es wird Grün, langsam geht es weiter. Zwei Ampeln und eine Viertelstunde später, biege ich ab zum Parkplatz am Biomarkt. Ich reihe mich erneut ein, diesmal in die Schlange an der Brot und Käsetheke. Als ich endlich dran bin, stupst mich jemand von der Seite an. Die Chefin meines Mannes steht neben mir, zischelt irgendwas von „Sie sind sicher so freundlich, ich habs eilig", in mein Ohr und schlängelt sich, ohne eine Antwort abzuwarten, an mir vorbei. „Unverschämtheit!", denke ich. Schlucke aber aus purer Höflichkeit jeden Widerspruch runter. Der Anblick ihres artgerechten schlangen imitierten Handtäschchens beruhigt mich. Da wird sicher kein Großeinkauf reinpassen. Ich nehme mir vor, ein freundliches Gesicht zu behalten. Wie sehr man sich doch täuschen kann, merke ich fünfzehn Minuten später, als sie immer noch mit der Bestellung eines Geburtstagsbuffets für ungefähr sechzig Personen beschäftigt ist. Meine Geduld ist arg strapaziert, das kann ich kaum verbergen. Als sie endlich fertig ist, schleicht sie ohne Dank und Gruß an mir vorbei. Mir kommt die Metapher Schlange in den Sinn. Ich füge ihr das Adjektiv „falsche" davor.

Lachen ist gesund!

Ich lese, die VHS bietet unter der Rubrik „Gesundheit" einen speziellen Kurs an, in dem es um Lachübungen geht, ein so genanntes „Lachyoga." Ein geradezu absurder Gedanke, sich mit fremden Leuten zu treffen, womöglich auf Kommando zu lachen, bei uns im Siegerland! Vielleicht noch in verschiedenen Tonlagen? Die Vorstellung entlockt mir ein schräges Grinsen. Aber ich bin neugierig und mach mit. Der Gesundheit zuliebe. Klingt zumindest weniger schweißtreibend als Joggen. Der Kursleiter, seines Zeichens amtierender Clown einer Kinderklinik, beginnt mit der theoretischen Einführung: „Atmung und Lachen wirken sich positiv über das Zwerchfell, auf Herz, Darm und nicht zuletzt die Seele aus! Wir beginnen mit einfachen Lockerungsübungen. Lasst einfach alles wackeln, was wackeln kann!" Es folgt ein mehrfach tiefes Ein- und Ausatmen: „Bitte mit Lippenbremse!" Welch eine

Vorstellung! (Die Handbremse war mir ein Begriff...) Weiter geht es mit der Finger – Akupressur, die für die Stimulation sorgt, wie er sagt. Schließlich kommen wir zum Kern der Veranstaltung: Den Lachübungen! Ein zunächst trocken gehecheltes „Ho, ho, ha, ha, ha, Ho, ho, ha, ha, ha", schwillt langsam an, zum rhythmisch ekstatischen Chor, worauf sich, - ob der Komik- eine unvorhersehbare Lachsalve entwickelt. Meine Lippen sind nicht mehr zu bremsen. Ich verlasse den Raum, um die Gesichtsmuskulatur unter Kontrolle zu bringen. Das war hart! Einmal tief durchatmen, dann betrete ich den Raum erneut, wo geatmet, gehechelt und gelacht wird. Was ich mitgenommen habe aus diesem Kurs, ist ein ordentlicher Muskelkater im Zwerchfellbereich, ein paar zusätzliche Lachfältchen und die Erkenntnis, dass gemeinsam Lachen tierisch viel Spaß macht.

Klassentreffen

Mein Gott, wie aufregend, ein Klassentreffen! Nach 55 Jahren sehen wir uns wieder. Zuvor hat sich niemand dafür interessiert, keiner gekümmert.Ort des Events ist die alte Dorfkneipe, die unweit unserer ehemaligen Volksschule noch existiert. Ich habe mich dafür in Schale geworfen. Bin zur Kosmetikerin und zum Friseur gegangen, auch ein neues Outfit musste sein. Derart aufgebrezelt und gestylt, begebe ich mich eine knappe Stunde eher auf den Weg zum Treffpunkt. Vom Haus meiner Eltern, bei denen ich mich für eine Nacht einquartiert habe, sind es nur zehn Minuten Fußweg. Da ich schon dreißig Jahre in Dorsten lebe, habe ich wenig Kontakt zu den Leuten im Ort. Ich setze mich in eine Ecke des Gastraumes, um zu checken, wer da alles so reinkommt. Ob ich sie erkenne, meine Mitschüler und Mitschülerinnen? Bin jetzt doch ein wenig aufgeregt. Die Tür zum Gastraum öffnet sich. Ein älteres Pärchen betritt den Raum. Keine Ahnung, das sind sicher keine Klassenkameraden. Weitere ältere

Herrschaften folgen. Ein runder Geburtstag? Von 70 bis - was weiß ich, - alles drin! Nach einer Stunde werde ich langsam nervös und frage den Wirt nach dem reservierten Raum fürs Klassentreffen. Er führt mich hin. Ich bin die letzte, wie peinlich!

Der Raum ist gut gefüllt. Einige der älteren Herrschaften von vorhin sehe ich jetzt wieder. Ich schlucke bei der Einsicht, dass ich keinen der Anwesenden auf Anhieb erkannt habe. Die hübsche Uschi, damals Schwarm aller Jungs -, der schneidige Franz, jetzt mit Brille, Bart und Bauchansatz, die ehemals gertenschlanke Hanni, Helmut mit den dichten schwarzen Locken, heute in lichtem Grau, oder Inge mit ihren süßen Grübchen, kaum wiederzuerkennen! Als letzter Gast werde ich besonders in Augenschein genommen. „Elke?", fragt Anne zweifelnd. „Mein Gott, wie haben wir uns verändert!" Ich werde fröhlich in die Runde runzliger, molliger, grauhaariger, bebrillter und kahlköpfiger Leute aufgenommen, um gemeinsam mit ihnen im Meer der Erinnerungen zu versinken.

Zahnweh

Papa hat Zahnweh. Es ist Sonntag. Mama googelt im Internet einen Notdienst. Der für unser Gebiet zuständige Arzt heißt Dr. Klein. Seine Praxis befindet sich in Altenkirchen. „Das ist eine geschlagene Stunde zu fahren", klagt der Schmerzgeplagte. Er hält sich einen Eisbeutel auf die Wange. Mutter verkneift sich trotz der misslichen Situation die Bemerkung nicht, dass er zukünftig doch besser die Nusszange zum Nüsse knacken benutzen sollte. Hat Papa Tränen des Schmerzes, oder gar der Wut in seinen Augen? Ein abgebrochener Zahn ist keine Lappalie, erst recht nicht, wenn der restliche Stummel bis in die Wurzel kariös ist. Mama sucht das Krankenkärtchen, packt einen Kühl Akku aus dem Eisschrank ein, und bietet Papa für unterwegs eine Schmerztablette der Extraklasse an, damit er und seine Begleiter die weite Fahrt einigermaßen gut überstehen. In Altenkirchen angekommen, lesen sie ein Schild an der Praxistüre: Wegen plötzlichem Notfall geschlossen. Wenden sie sich in dringenden Fällen bitte an Dr. Eberlein,

Dorfstraße 6. Nach knapp fünf Minuten ist auch diese Adresse erreicht. Das Schild mit der Aufschrift: „Tierarztpraxis" gibt Papa den Rest! Ihm steht das Wasser in den Augen und er scheint noch blasser als zuvor. „Dasch daaf doch nish wah sein!", schlurft es aus seinem verschwollenen Mund. Mutter ist nun voll im Hilfsmodus und läutet an der Praxistür. Ein Kerl wie ein Bär, mit Blut bespritzter Gummischürze öffnet, und fragt um welches Tier es sich handelt, dass seiner Hilfe bedarf. „Um meinen Mann, gibt Mutter kleinlaut zur Antwort, er hat Zahnschmerzen." „Na, dann haben Sie bitte noch einen Augenblick Geduld, bin gleich mit dem Dackel vom Zahnarzt Doktor Klein fertig. Dann kann er sich in seiner Praxis um ihren Mann kümmern." Ich meine fast das Poltern des Steines zu hören, der Papa vom Herzen rollt. Bleibt die Moral von der Geschichte,

„Knack Nüsse mit den Zähnen nicht!

Mir geht es gar nicht gut…

Das weiß ich, und mein Arzt, der weiß es mittlerweile auch. Es vergeht keine Woche, wo ich seine Hilfe nicht benötige. Selbstverständlich bin ich nicht untätig in eigener Sache und informiere mich. Das Internet, oder diverse Hausfrauenlektüren sind die ergiebigsten Quellen, und unterstützen meine Recherchen. Besonders aktiv bin ich an den Wochenenden, wenn die Praxis zu hat, und niemand da ist, der sich um mich kümmert, - geschweige denn, mit mir über meine Leiden redet. Dann laufe ich zur Höchstform auf. Ich google und lese was das Zeug hält. Notiere mir alle relevanten Symptome und Fachbegriffe, beschäftige mich intensiv mit den dazugehörenden Krankheitsverläufen, sodass ich montags gut vorbereitet, pünktlich zu Praxisbeginn im Wartezimmer sitze. Bewaffnet mit einem Spickzettel, auf dem ich mir meine eigen diagnostizierten Erkrankungen nochmal verinnerliche, bevor ich aufgerufen werde. Zur Sicherheit nutze ich die Wartezeit, und blättere die ausgelegten Zeitschriften durch, ergänze meine Notizen hier und da um fehlende Details. Ich weiß, dass die Ärzte heutzutage überfordert sind und zu wenig Zeit haben, sich mit langwierigen Untersuchungs- und Diagnoseritualen aufzuhalten. Zeit ist Geld! Während die meisten Patienten mit einer banalen Grippe, Bauchweh oder einem Knochenbruch durch die Arztzimmer geschleust werden, ist es bei mir weitaus komplexer. Der Arzt macht sich, trotz meiner Eigeninitiative wohl ziemlich viele Gedanken. Er versucht Verknüpfungen zwischen den verschiedenen Krankheitsbildern zu erstellen, um schlüssige Antworten zu finden.

Nach einigen Wochen ist er, - wie er sagt, zu einer recht eindeutigen Krankheitserkennung gelangt. In Erwartung des Schlimmsten, sitze ich vor seinem Schreibtisch, wo er mir die niederschmetternde Diagnose mitteilt: „Sie leiden an einer ziemlich ausgeprägten Form der Hypochondrie!" Ich bin geschockt!! Unter Aufbringung aller Kraft fragt ich: „Wie lange noch?" Den Kopf wiegend antwortet er: „Mit der schnellstmöglichen Anschaffung eines Vierbeiners, - möglichst ein Hund -, schaffen sie es, wie alle durchschnittlich gesunden Menschen, noch bis etwa Mitte neunzig!"

Was soll ich sagen, seit ich mit Waldi täglich spazieren gehe, mich um ihn kümmere und mit vielen anderen Hundebesitzern ins Gespräch komme, geht es mir erstaunlicherweise von Tag zu Tag besser. Ab und zu google ich oder lese in einschlägigen Hunde Zeitschriften, um alles über das gesunde Leben meines Vierbeiners zu erfahren.

Heilig Abend

Es knistert und raschelt, die Zeit steht still,
zumindest für uns Kinder. Die Erwachsenen
sagen, sie läuft ihnen davon. Das Fest steht vor
der Tür, sagen sie auch. Ich glaube, das Fest
steht hinter der Tür, der Verschlossenen, denn
von da kommt das Knistern und Rascheln, das
Flüstern und Kichern. Vor dem Fenster, zur
Straße, tanzen Flocken, da sind Spuren im
Schnee. Im Haus duftet es nach Christstollen,
Lebkuchen, Apfelsinen und Tannenbaum.
Zarte Glöckchen klingen, - hinter der Tür.
Die Nacht ist so lang, die Heilige, wir Kinder
im Bett, Augen und Ohren hellwach.
Am Morgen sind die Spuren auf der Straße
von neuem Schnee bedeckt. Anziehen, husch
husch husch, Kinder, das Christkind war da,
ruft Mutter. Vater schließt feierlich die Türe
zum Weihnachtszimmer auf. Festlich strahlen
die Kerzen, spiegeln sich in silbernen Kugeln.
Sterne aus Stroh und bunte Glöckchen aus
Glas schmücken den Baum. Die kleinen
Engelchen vom letzten Jahr sind auch wieder
da. Süße Teller mit Plätzchen, Schokolade,
Äpfeln, Nüssen und Apfelsinen stehen auf

dem Tisch. Und unterm Baum hübsch
verpackte Geschenke. Oh du Fröhliche stimmt
Mutter an, und wir singen beglückt mit

Die Weihnachtsgans

Der Baum steht, der Stern steckt in der Spitze wie es sich gehört, die Kugeln sind gleichmäßig verteilt. Soweit alles im Lot! Die Familie ist eingeladen. Die Organisation für die Bewirtung hat mich vier volle Tage gekostet.Tag eins: Die Planung. „Was will ich auf den Tisch bringen?" Tag zwei: Der Einkauf in vier verschiedenen Lebensmittelläden. Tag drei: Die Vorbereitung der Speisen und das Backen der Tortenböden. Und schließlich Tag vier: Die Zubereitung. Warum habe ich mich nur für die Gans entschieden? Ich hätte wissen müssen, dass dieses Gericht meine Kochkünste einfach übersteigt. Die Arbeitsplatte der Küche ist zu klein, meine Küche gleicht einem Schlachtfeld! Das Füllen des Vogels kostet Nerven. Er bleibt nicht liegen, rutscht unflätig hin und her. Bin versucht ihn festzubinden. Ausgerechnet jetzt ruft Mutter an, um über ihre Kaffeefahrt zu berichten. Den Hörer zwischen Ohr und Schulter geklemmt, lausche ich geduldig ihren Erzählungen und stopfe gleichzeitig die Füllung in das Tier. (Multitasking kann ich!) Das abschließende Zunähen erfordert Fachkenntnisse, die mir schon meine Handarbeitslehrerin in der Grundschule abgesprochen hat. Nachdem ich den Braten in die Röhre geschoben habe, ist es höchste Zeit auch Knödel und Rotkraut in die Töpfe zu kriegen und die Nachspeise zuzubereiten. Knapp zwei Stunden später steht unsere Familie vor der Tür. Ich habe es soeben geschafft, meine Schürze an den Haken zu hängen und mir den Schweiß von der Stirn zu tupfen. Mit verzückten Lächeln empfange ich unsere Lieben aufs Herzlichste. Aller Stress fällt ab. Mein Mann trägt den Braten würdevoll zu Tisch, und schneidet ihn portionsweise auf. Wie gut er duftet und wie knusprig er aussieht! (Der Vogel). Ausgerechnet mein Mann macht eine sonderbare Entdeckung in der Füllung. Etwas metallisch glänzendes kommt zu Tage: Mein Fingerhut! Erklärungsnot! Er ist mir wohl beim Zunähen vom Finger gerutscht und in der Füllung verschwunden. Die Familie trägt es mit Humor und ich bin heilfroh, dass sonst nichts zum Vorschein kommt. Ebenso wie das Lied „Alle Jahre wieder", bleibt dieses Erlebnis fester Bestandteil eines jeden Weihnachtsfestes. Gans gleich, ob mit, oder ohne Gans.

Danke an Willi

Herstellung und Verlag:
BoD – Books on Demand, Norderstedt
ISBN: 978-3-7504-2273-5